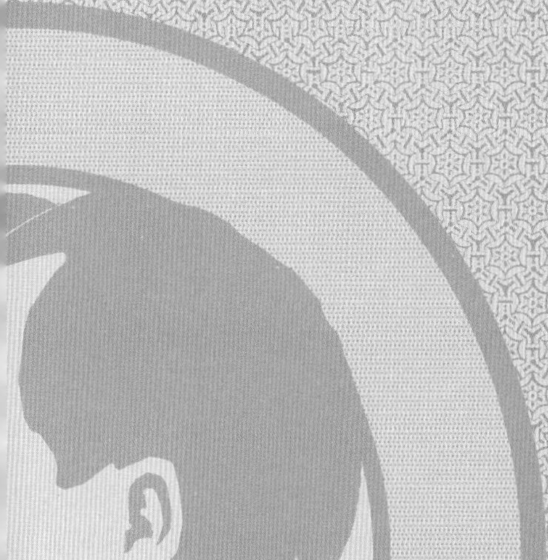

新文学选集

郁达夫选集

开明出版社

图书在版编目(CIP)数据

郁达夫选集/郁达夫著. —北京：开明出版社，2016.3
（2023.2重印）
（新文学选集. 第一辑）
ISBN 978-7-5131-2646-5

Ⅰ.①郁… Ⅱ.①郁… Ⅲ.①中国文学－现代文学－作品综合集 Ⅳ.①I216.2

中国版本图书馆 CIP 数据核字(2016)第 081535 号

责任编辑：卓玥　王月梅

书　　名：郁达夫选集
出版人：陈滨滨
著　者：郁达夫
编辑者：新文学选集编辑委员会
主　　编：茅　盾
出　　版：开明出版社（北京市海淀区西三环北路 25 号青政大厦 6 层）
印　　刷：山东华立印务有限公司
开　　本：148 * 210　1/32
印　　张：8.5
字　　数：176 千字
版　　次：2016 年 3 月第一版
印　　次：2023 年 2 月第三次印刷
定　　价：25.00

印刷、装订质量问题，出版社负责调换。联系电话：(010)88817647

作者像
（一九三四年摄）

在东京留学时代摄

手　迹

出版说明

新中国成立不久,中央人民政府文化部就成立了"新文学选集编辑委员会",负责编选"新文学选集",文化部部长茅盾任编委会主任,出版总署副署长叶圣陶、中宣部文艺处处长、作协党组书记兼副主席、《文艺报》主编丁玲、文艺理论家杨晦等任编委会委员。"新文学选集"1951年由开明书店出版,是新中国第一部汇集"五四"以来作家选集的丛书。

这套丛书分为两辑,第一辑是"已故作家及烈士的作品",共12种,即《鲁迅选集》《瞿秋白选集》《郁达夫选集》《闻一多选集》《朱自清选集》《许地山选集》《蒋光慈选集》《鲁彦选集》《柔石选集》《胡也频选集》《洪灵菲选集》和《殷夫选集》。"健在作家"的选集为第二辑,也是12种,即《郭沫若选集》《茅盾选集》《叶圣陶选集》《丁玲选集》《田汉选集》《巴金选集》《老舍选集》《洪深选集》《艾青选集》《张天翼选集》《曹禺选集》和《赵树理选集》。

"选集"的编排、装帧、设计、印制都相当考究。健在作家选集的封面由本人题签。已故作家中,"鲁迅选集"四个字选自鲁迅生前自题的"鲁迅自选集",其他作家的书名均由郭沫若题写。正文前印有作者照片、手迹、《编辑凡例》和《序》；"已故作家"的"选集"中有的还附有《小传》，《序》也不止一篇。初版本为大32开软精装本，另有乙种本（即普及本）。软精装本扉页和封底衬页居中都印有鲁迅与毛泽东的侧面头像，因为占的版面较大，格外引人注目。毛泽东在《新民主主义论》中称鲁迅"是文化新军的最伟大和最英勇的旗手"，"是中国文化革命的主将"，"不但是伟大的文学家，而且是伟大的思想家和伟大的革命家"，"鲁迅的方向，就是中华民族新文化的方向"，刊印鲁迅头像是为了突出鲁迅在新文学史上的权威地位，将鲁迅头像与毛泽东头像并列刊印在一起，则寄寓着以鲁迅为代表的"五四"新文学发展的最终方向，就是走向1942年以后的文艺上的"毛泽东时代"。学习毛泽东《在延安文艺座谈会上的讲话》，实践毛泽东提出的革命文艺发展的正确方针，是新中国文学发展的必由之路。

"已故作家"中，鲁迅、朱自清、许地山、鲁彦、蒋光慈五人"因病致死"；瞿秋白、郁达夫、闻一多、柔石、胡也频、洪灵菲、殷夫七人都是"烈士"，是被反动派杀害的。鲁迅和瞿秋白是"左联"主要领导人；蒋光慈、洪灵菲、胡也频、柔石、殷夫都是"左翼作家"。闻一多、朱自清是"民主主义者和民主个人主义者"，但他们"在美国帝国主义者及其走狗国民党反动派面前站起来了"，"闻一多拍案而起，横眉怒对国民党的手枪，宁可倒下去，不愿屈服。朱自清一身重病，宁可饿死，不领美国的'救济粮'。他们是我们民族的脊梁"，"表现了我们民族的英雄气概"。① "已故作家"和"烈士作家"选集的出版,"正说明了中国人民的、革命的文学和文化所走过来的路,是壮烈的"②。

"健在作家"中郭沫若位居政务院副总理兼文教委主任,是国家领导人。茅盾"是党的最早的一批党员之一,曾积极参加党的筹备工作和早期工作",③ 又是新中国的文化部部长、作家协会主席,身份特殊。洪深、丁玲、张天翼、田汉、艾青、赵树理等都是党员作家。叶圣陶、巴金、老舍、曹禺等人在文学上的成就自不待言,又都是我党亲密的朋友,是"进步的革命的文艺运动"(茅盾语)的参与者,是"革命文艺家"④。

"健在作家的作品",由作家本人编选,或由作家本人委托他人代选。"已故作家及烈士的作品",由编委会约请专人编选。《郁达夫选集》由丁易编选、《洪灵菲选集》由孟超编选,《殷夫选集》由阿英编选,《柔石选集》由魏金枝编选,《胡也频选集》由丁玲编选,《蒋光慈选集》由黄药眠编选,《闻一多选集》和《朱自清选集》均由李广田编选,《鲁彦选集》由周立波编选,《许地山选集》由杨刚编选。编委会约请的编选者

---

① 毛泽东:《别了,司徒雷登》,《毛泽东选集》第4卷,人民出版社1991年版,第1496页。

② 冷火:《新文学的光辉道路——介绍开明书店出版的"新文学选集"》,《文汇报》1951年9月20日第4版。

③ 胡耀邦:1981年4月11日在沈雁冰追悼会上的致词。

④ 冷火:《新文学的光辉道路——介绍开明书店出版的"新文学选集"》,《文汇报》1951年9月20日第4版。

多为名家，且与作者交谊深厚，对作者的创作及其为人都有深切的了解，能够全面把握作家的思想脉络，准确地阐述其作品的文学史意义。《鲁迅选集》和《瞿秋白选集》则由"新文学选集编辑委员会"编选，规格更高。

这套丛书的意义首先在于给"新文学"定位。《编辑凡例》中说："此所谓新文学，指'五四'以来，现实主义的文学作品而言"；"现实主义是'五四'以来新文学的主流"；"新文学的历史就是批判的现实主义到革命的现实主义的发展过程"。这种独尊"现实主义的文学"的做法，把浪漫主义、象征主义以及意识流小说等许许多多优秀的文学作品挡在"新文学"的门槛之外了，在今天看来不免"太偏"，可在新中国成立伊始的"大欢乐的节日"里，似乎是"全社会"的"共识"。《编辑凡例》还说："这套丛书既然打算依据中国新文学的历史发展的过程，选辑'五四'以来具有时代意义的作品"，使读者"藉本丛书之助"，"能以比较经济的时间和精力对于新文学的发展的过程获得基本的初步的知识"，从而点出了这部"新文学选集"的"文学史意义"：编选的是"作品"，展示的则是"新文学的发展的过程"。把"现实主义的文学"作为"新文学"的主流，以此来筛选作品；重塑"新文学"的图景；规范"新文学史"的写作；建构"新文学"的传统；回归"完整的理论体系和最高指导原则"；为新中国的文学创作提供借鉴和资源，乃是这套"新文学选集"的意义和使命所在，因而被誉为"新文学的纪程碑"。

遗憾的是这套丛书未能出全。"已故作家及烈士的作品"

只出了11种，《瞿秋白选集》未能出版。瞿秋白曾经是中共的"领袖"，按当时的归定：中央一级领导人的文字要公开发表，必须经中央批准。再加上瞿秋白对"新文学"评价太低，他个别文艺论文中的见解与"左翼"话语相抵牾，出于慎重的考虑，只好延后。健在作家的选集也只出了11种，《田汉选集》未能出版。他在1955年人民文学出版社出版的《〈田汉剧作选〉后记》中对此做了解释：

> 当1950年新文学选集编辑委员会编选五四作品的时候，我虽也光荣地被指定搞一个选集，但我是十分惶恐的。我想——那样的东西在日益提高的人民的文艺要求下，能拿得出去吗？再加，有些作品的底稿和印本在我流离转徙的生活中都散失了，这一编辑工作无形中就延搁下来了。

"作品的底稿和印本"的"散失"，并不是理由；"惶恐"作品"在日益提高的人民的文艺要求下，能拿得出去吗？"，这才是"延搁"的主因。出版的这22种选集中，《鲁迅选集》分上、中、下三册，《郭沫若选集》分上、下二册，其余20位作家都只有一册，规格和分量上的区别彰显了鲁迅和郭沫若在我国现代文学史上崇高的地位，鲁迅是新文化运动的旗手和主将，郭沫若是继鲁迅之后的又一位"主将"和"向导"[①]，从而为鲁郭茅巴老曹的排序定下规则。

鉴于这套丛书的重要意义，本社依开明版重印，并保留原有的风格，以飨读者。

开明出版社

[①] 周恩来：《我要说的话》，重庆《新华日报》1941年11月17日第1版。

编辑凡例

一、此所谓新文学，指"五四"以来，现实主义的文学作品而言。如果作一个历史的分析，可以说，现实主义是"五四"以来新文学的主流，而其中又包括着批判的现实主义（也曾被称为旧现实主义）和革命的现实主义（也曾被称为新现实主义）这两大类。新文学的历史就是从批判的现实主义到革命的现实主义的发展过程。一九四二年毛主席在延安文艺座谈会的讲话发表以后，革命的现实主义文学便有了一个新的更大的发展，并建立了自己完整的理论体系和最高指导原则。

二、现在这套丛书就打算依据这一历史的发展过程，选辑"五四"以来具有时代意义的作品，以便青年读者得以最经济的时间和精力获得新文学发展的初步的基本的知识。本来这样的选集可以有两种方式，一是按照作品时代先后，成一总集，又一是个别作家各自成一选集；这两个方式互有短长，现在所采取的，是后一方式。这里还有两个问题须要加以说明。第一，这套丛书既然打算依据中国新文学的历史发展的过程，选辑"五四"以来具有时代意义的作品，换言之，亦即企图藉本丛书之助而使读者能以比较经济的时间和精力对于新文学的发展的过程获得基本的初步的知识。因此，我们的选辑的对象主要是在一九四二年以前就已有重要作品出世的作家们。这一个范围，当然不是绝对的，然而大体上是有这么一个范围，并且也在这一点上，和《人民文艺丛书》作了分工。第二，适合于上述范围的作家与作品，当然也不止于本丛书现在的第一、二两辑所包罗的，我们的企图是，继此以后，陆续再出第三、四……等辑，而使本丛书的代表性更近于全面。

三、本丛书第一、二两辑共包罗作家二十四人，各集有为作家本人自选的，也有本丛书编委会约请专人代选的，如已故诸作家及烈士的作品。每集都有序文。二十余年来，文艺界的烈士也不止于本丛书所包罗的那几位，但遗文搜集，常苦不全，所以现在就先选辑了这几位，将来再当增补。

新文学选集编辑委员会
一九五一年三月，北京

序

丁 易

一

一九四五年九月十七日郁达夫先生被日本法西斯宪兵杀害于苏门答腊,到今天已经整整五年了。这五年之中,中国人民在中国共产党及人民的英明领袖毛泽东主席领导之下,完成了中国历史上的空前巨变,除了台湾西藏而外,全国已经全部解放,并且开始进入了新民主主义建设时期,中国人民已经庄严地在全世界面前站起来了。达夫先生如果还活着,凭着他那挚爱祖国的热情,眼看到今天祖国以英勇的姿态大踏步地向富强的道路上迈进,人民的生活也一天比一天改善起来,他一定会像今天许多文艺工作者一样,毫不吝惜地来改造自己,跟自己进行强烈的自我斗争,把自己变得更坚强更结实,无条件地献身于新中国的建设事业。但是令人悲痛的是他已经死了,这是不能不感到遗憾的。

二

达夫先生一生贯串了五四运动，一九二七年大革命，对日抗战几个重要的历史阶段，每一阶段对他的思想都或多或少地起了一定的影响，特别是"五四"，对于他的思想简直具有决定的意义。

"五四"的基本精神是反帝反封建，提出了民主与科学的口号，跟几千年的封建思想、礼教以及传统的儒家学说作顽强的斗争；同时也兴起了以反对帝国主义侵略为主要内容的爱国主义。达夫先生这一时期的作品虽然是属于浪漫主义的感伤颓废，但却也带有这一战斗精神。

浪漫主义的感伤颓废是达夫先生作品中的一个主调，这主调一直到他后几年的小说中还是浓厚地存在着。但就他的初期作品来说，这感伤颓废与其说是个人的牢愁悲痛，毋宁说是对当时丑恶现实的反抗。因为他个人的牢愁悲痛，是根源于这丑恶的现实的。他在作品中赤裸裸地要求人生的物质生活，大胆地描写生理上的性欲苦闷，尽情地倾吐自己对现实社会的悲愤，甚至于在《给一位文学青年的公开状》中劝文学青年们去做贼，这些，对当时反动的军阀官僚政治，以及在社会上还有相当势力的虚伪的封建道德和吃人的旧礼教，都是一个刻骨的讽刺，沉重的打击。诚如郭沫若先生所说："他那大胆的自我暴露对于深藏在千年万年的背甲里面的士大夫的虚伪完全是一种暴风雨式的闪击,把一些假道学假才子们震惊得至于发狂了。为什么?就因为有这样露骨的真率,使他们感受到作假的困难。"① 沫若先生这种说法是完全正确的。事实上,后来暨南大学打算聘达夫先生任教授,还为国民党反动政府的教育部长王世杰所批驳,说是他生活浪漫,不足为人师。② 由此也可见这批新官僚假道学是怎样把他恨入骨髓了。

达夫先生的感伤颓废的作品是对封建社会的叛逆宣言,但这叛逆却又不是冰冷无情,相反地,他倒是蕴藏着一股强烈的热情的。这就是他那颗热爱祖国的赤心,以及对帝国主义侵略中国的愤怒,他在他的第一篇创作《沉沦》的结尾曾这样呼喊:

祖国呀祖国,我的死是你害我的!

你快富起来,强起来罢!

你还有许多儿女在那里受苦呢!

祖国的衰弱不振,政治黑暗,军阀横行,人民贫苦。帝国主义穷凶极恶的加强侵略,对中国人民横蛮无理的侮辱欺凌。达夫先生在日本读书时深深体验了这些,这是他最大的悲痛所在,后来他在《忏余独白》中曾说及那时的心情:

我的抒情时代是在那荒淫惨酷军阀专权的岛国里过的。眼看到故国的陆沉,身受到异乡的屈辱,与夫所感所思,所经所历的一切,剔括起来没有一点不是

---

[1] 郭沫若:《历史人物》,《论郁达夫》。
[2] 郭沫若:《历史人物》,《论郁达夫》。

失望，没有一处不是忧伤，同初丧了夫主的少妇一般，毫无气力，毫无勇毅，哀哀切切，悲鸣出来的，就是那一卷当时很惹起了许多非难的《沉沦》。①

这是他的真情实感，所以那时他一方面感伤颓废，愤世嫉俗，甚而至于要自杀。另一方面呢，他又呼号呐喊，要祖国快一点富强起来。

但是，可惜得很，达夫先生看出了中国现实社会的黑暗，却不知道如何消灭这黑暗；希望中国富强，却不知道怎样才可以使中国富强起来，这就使他堕入了更苦闷的境地。不过这苦闷，在"五四"前后的文艺工作者中也是普遍存在的，那时大家对这一问题的认识，都还分歧得很，但却也各自找出了道路；有的站在进化论立场和旧势力作斗争，有的抓住了人道主义在摸索前进，有的把自己沉溺在爱与美的幻想中，有的却在用狂风暴雨似的精神要来摧毁这世界。不过，达夫先生都没有走向这些道路，他却让自己更走向荆棘丛中，那就是更感伤更颓废下去。感伤颓废得简直有些近乎自我麻醉，自己戕害自己。他写出了许多自叙传式的作品，描写个人的悲苦经历，描写性的苦闷，描写变态的性心理，描写妓女、肉欲、色情……

这些作品在积极方面虽然揭穿了旧礼教的虚伪和尊严，但这种精神情绪实在是不健康的，特别是在"五四"狂飙以后，中国共产党已经成立，革命有了正确的领导，社会已向前跨进了一大步，这种消极的自戕式的反抗，对于现实的反动政治无

---

① 《忏馀集》。

损于秋毫，而在客观上对青年们的前进向上的热忱却起了一种很不好的消极作用。老实说，达夫先生这些作品在这个时期，不但已经丧失了它的社会意义，相反地，在一定程度上，倒成了社会前进的障碍了。

达夫先生这类小说写有十几篇之多，这里只选了《沉沦》《采石矶》《过去》三篇，这三篇都是他的自叙传式的小说，《采石矶》表面上虽是篇历史小说，但其中的黄仲则实际上也就是他自己。

三

五四新文化运动是在共产主义思想领导之下的一个统一战线的运动，通过这一运动，共产主义文化思想更广泛地流传开来，当时知识分子或多或少地都受了一些社会主义思想的影响，达夫先生便也是受这思想影响的一个。他在一九二三年五月写了一篇《文学上的阶级斗争》，和郭沫若先生的《我们的文学新运动》一文同时发表在《创造周报》第三期，他在这文中曾大声疾呼："世界上受苦的无产阶级者，在文学上社会上被压迫的同志，凡对有权有产阶级的走狗对敌的文人，我们大家不可不团结起来！"自然，这只是一些口号，而且是一些模糊不够明确的口号，但在当时却是有其一定的积极意义的。由于这点积极因素，所以在达夫先生初期的作品中，除去抒写个人伤感的作品而外，也还有以烟厂女工为题材的《春风沉醉的晚上》，以人力车夫为题材的《薄奠》。

这两篇小说是多少带有点社会主义色彩的，达夫先生开始有意地去写劳动人民，企图把他们的生活表现出来，事实上他也确把劳动人民的那种真诚淳朴，正直光明的高贵的品质给表现出来了。并且在《春风沉醉的晚上》借了女工二妹的口中说出了对于厂方的切齿仇恨，在《薄奠》里的"我"竟对那些汽车中的贵人这样叫骂起来："猪狗，畜生！你们看什么？我的朋友，这可怜的拉车者，是为你们所逼死的呀！你们还看什么？"像这些地方都已经正式接触到人类阶级关系的矛盾与斗争的方面，然而可惜得很，也就仅止于此而已，作者并没有更深一层更进一步地发掘下去，终于女工还是照旧要受厂方的剥削，受管理人的侮辱，而人力车夫仍不免于沉水而死。他们究竟应该走什么道路呢？作者是一点也没有指出的，这原因就是由于作者终究是站在第三者立场，这两篇作品中的"我"便是作者自己，这个"我"自始至终只是站在女工和车夫那一阶级之外，去同情他们，热爱他们；却不是站在他们的阶级之中，去和他们共同生活，共同呼吸，共同战斗，共求解放。达夫先生是始终没有放弃他那小资产阶级知识分子立场的。

　　这一思想上的不彻底，便决定了达夫先生在大革命前后的行动和他的创作内容。

　　首先，由于他有了这一个进一步的基本认识，他是曾经几次地想振作起来的。一九二六年，他高兴地跑到革命策源地的广州，不久又回到上海去编辑《洪水》，都显得很积极，但这积极却是没有深固的基础的，由于他的思想上的不彻底，一遇挫折，便又萎缩下去，这在本集中所选的《病闲日记》中就可以看出端倪，而一九二七年他在《鸡肋集》题辞中更有一段很好的自白：

> 我和两三位朋友，束装南下，到了革命策源地的广州。在那里本想改变旧习，把满腔热忱，满怀悲愤，都投向革命中去的，谁知鬼蜮弄旌旗，在那里所见到的，又只是些阴谋诡计，卑鄙污浊。一种幻想，如儿童吹玩的肥皂球儿，不待半年，就被现实恶风吹破了。这中间虽然没有写文章，然而对于中国人心的死灭，革命事业的难成，却又添了一层确信。

革命正如鲁迅先生所说"其中也必然混有污秽和血，决不是如诗人所想象的那般有趣，这般完美"[1]，抱着满腔浪漫谛克的热情，投向革命，而不是从实际出发，没有看清楚革命的基本力量——人民的力量，只看到上层的少数人的活动，那么一看到有人背叛革命，要阴谋诡计的时候，那就自然会悲观失望，感到"革命事业难成"了。无庸讳言的，达夫先生这时对革命是有些动摇了。一九二七年这是中国历史上空前的动荡时代，达夫先生这时正在这动荡时代的漩涡中心上海，但他却没有卷入这漩涡之中，只在漩涡外速写下了《日记九种》，主要的事情却是在搞恋爱，而和他同在创造社的郭沫若成仿吾两位先生却已投身于实际的革命斗争中了。

但是，应该指出的，达夫先生虽然对革命发生动摇，但他对反革命却仍然是深恶绝痛的，所以他的《日记九种》虽然沉

---

[1] 鲁迅：《二心集》，《对于左翼作家联盟的意见》。

溺于个人的恋爱纠纷，但他对蒋介石这个出卖革命的反动头子却表示了最大的痛恨。他在一九二七年四月二十二日的日记中有这样一段："买了一张外国报来读，蒋介石居然和左派分裂了，南京成立了他个人的政府，有李石曾吴稚晖等在帮他的忙，可恨的右派，使我们中国的国民革命不得不中途停止了。"他这憎恨的感情是真实的，但却又不是从阶级观点出发，而是从爱国主义出发的，所以他接着就说："以后我要奋斗，要为国家而奋斗，我也不甘再自暴自弃了。"① 这以后他在《钓台的春昼》中还斥国民党中央为"中央党帝"，说他们"想玩个秦始皇所玩过的把戏"。这些都是他动摇中的积极因素，这因素使得他在一九三零年参加了左翼作家联盟，一九三二年又参加了中国民权保障同盟。

他参加这两个团体的时候，正是中国革命表面上受到挫折的时期，特别在蒋介石统治的上海，特务的屠杀镇压造成了极大的白色恐怖，这又发展了达夫先生的动摇的一面，终致使他脱离了左联，跑到杭州归隐了。

四

这以后达夫先生的思想是处在一个极其矛盾的错综复杂的状态中，一方面他的感伤颓废蜕化而为一种隐遁逃避与世无争的思想，另一方面他的诗人气质和爱国主义的热情，却又不能

---

① 《日记九种》,《闲情日记》。

序

使他真正的宁静下来，而不得不对现实有着愤懑。

一般说来，达夫先生在离开上海以后到抗战爆发前这一段时期内，前一种思想是占上风的，这一时期可以说是他最消沉的时期，曾一度沦落到官僚的幕中，消沉得几乎近于妥协了。这时他大量地写下了一些游记小品之类的东西，充分表现出一种乐天安命的思想，悠游闲适的情趣，这思想这情趣也同样地流露在他的这一时期的小说里面，《迟桂花》和《东梓关》便是这一类的代表作品。

在《迟桂花》里作者写了一个在爱情中受了刺激的留学生翁则生，在杭州西湖多年养病之后，竟把一切都看穿了，"觉得在这世上任你什么也没甚大不了的事情，落得随随便便的过去，横竖是来日也无多了"。于是便做了一城市山林的隐士，疏散无为，随遇而安，甚至连办自己的婚姻也都像办别人的事一样的那么无动于衷了。在《东梓关》里面作者写了一个名医徐竹园，那完全是一个封建名士，喝喝酽茶，吸吸鸦片，卖卖药，行行医，读读古书，玩玩古董，对这样一种人，作者却借了文朴的口给了这样一个评价："大约像他老先生那样舒徐浑厚的人物，现在总也不多了吧？这竹园先生也许是旧时的这种人物的最后一个典型。"无疑地，可以看出作者对于这种人物的"不多"，是有一些惋惜的。然而，作者在这里却忽略了一点，极其重要的一点，无论徐竹园是如何的"舒徐浑厚"，但他却仍要"经管祖上遗产"，而且"每年收入"还"薄有盈馀"，这种不劳而获的地主剥削农民的行为，作者却丝毫没有触及。同样的，《迟桂花》里的翁则生也是个薄有田产的少爷之类。作者似乎只看他们的悠游闲适的生活，而致以向往之忱，但却忘了这悠游闲适的生活是建筑在怎样的血泪的经济基础之上。

这两篇小说的环境都是农村，在这里作者以前的对劳动人民的热爱和同情还是一贯存在的，他写出了乡村农民的诚朴和忠实，虽然缺点是把他们写得太闲暇了一点，和一九三零年以后的中国破碎的农村毫不相称，但在达夫先生的这两篇作品中该算是一点进步意识了。

这点进步意识对达夫先生倒是很重要的，这意识使他虽然神往于肥遁林泉，超然物外的隐士生活，但却不可能沉溺在里面，他仍然不得不伸出头来看一看现实，也就不得不对现实吐出愤懑，他在《薇蕨集》序中说：

财聚关中，百姓是官家的鱼肉；威加海内，天皇乃明圣的至尊。于是腹诽者诛，偶语者弃市，不腹诽不偶语者也一概格杀勿论，防患于未然也。这么一来，我辈小民，便无所逃于天地之间了。①

这种愤懑是对大革命后以蒋介石为首的新军阀新官僚的愤懑。就在这种悔懑心情支配之下，达夫先生写下了以大革命时代为背景的两篇小说——《她是一个弱女子》和本集所选的《出奔》。

这两篇小说在达夫先生的创作题材方面是和以前有些不同的。以前的作品绝大部分是写他自己或是改了装的自己，这两

---

① 《断残集》。今本《薇蕨集》无此序。系出版时抽去。

篇小说却不同了,他已经把题材扩张到社会的各方面,企图来表现一个时代了。

《她是一个弱女子》是个中篇小说(达夫先生较长的小说只有这一篇和《迷羊》,此外全是短篇),时代背景主要的是大革命,但却也上追到"五四",下说到"一·二八",其中有新旧军阀的横行,有一九二七年三月中上海工人群众的革命行动,有淞沪抗战日本帝国主义对我国同胞的屠杀。人物也很广泛,主要的有虚荣软弱的郑秀岳,有变态性欲的李文卿,也有性格坚强为革命事业奋斗不屈的投身工人行列的冯世芬。而作者在这里无疑地对郑秀岳和李文卿是否定的,而对冯世芬是肯定的。但由于作者对革命行动经验的缺乏,理解也就不能深入,于是对革命行动场面的描绘和对革命人物的塑造也就显得有些浮泛平面,倒反是他过去作品中的主调——肉欲和色情的描写占了上风了。但是不管怎样,这篇小说在达夫先生作品中仍不失为具有进步意义的作品。因为篇幅太长,且色情描绘过多,所以没有选入,但也附在这里说一下。

《出奔》是一九三五年写的,在我所见到的达夫先生小说中这该是最后的一篇了,然而就在这一篇中,却显出了他的思想更向前一步的跃进。在这篇小说里,作者十分细致地刻画了地主阶级对农民的残酷的剥削行为,也描绘出地主阶级本身的贪鄙自私刻薄残忍的性格,并且分析了地主在革命过程中怎样钻空子混进革命阵营来破坏革命,前后一贯地流露出作者对地主阶级仇视憎恶的心情,所以也显得很有震撼人的力量,在达夫先生小说中实是一篇很难得的作品。虽然在结尾由钱时英一把火把那地主一家大小烧死完事，有点近乎幼稚的报复，但也可以由此窥见作者对地主阶级的憎恨是到了如何的程度。

自然，如果要认作者在这篇小说里已经看到了人民的力量，那还是没有的。达夫先生一直到他牺牲时止，对这点始终没有明确的认识，这就决定了他始终不能坚决地背叛自己阶级走向革命道路。

抗战爆发以后，达夫先生似乎没有写下什么创作，但他对抗战是积极的，他应郭沫若先生之约，参加了当时的政治部工作，到过台儿庄和其他前线劳军。① 和当时许多文艺工作者一样，他是怀着无比的热烈心情来投身抗战的。

后来他到了南洋，担任《星洲日报》编辑，领导新加坡文化界战时工作团，战时工作干部训练班和文化界抗日联合会，仍是一贯积极地为抗战工作。②

达夫先生对抗战工作虽然积极，但是由于他看不到人民的力量，所以对抗战认识是有些模糊的，这，可以引用抗战期间几乎和他是朝夕相处的胡愈之先生一段话来说明：

> 达夫不满意国内政治，但是他所不满意的是人，而我所不满意的是独裁贪污制度。达夫对抗战前途有时带悲观倾向，但是他的悲观不是由于反对抗战，而是出于不满意抗战的领导者。③

---

① 郭沫若：《历史人物》，《论郁达夫》。
② 胡愈之：《郁达夫的流亡和失踪》。
③ 胡愈之：《郁达夫的流亡和失踪》。

从以上所说的达夫先生思想情况看来，胡愈之先生这段分析是完全对的。

新加坡失守以后，达夫先生逃到苏门答腊，化名赵廉，仍然坚贞不屈，和敌人相周旋，他曾说："我没有勇气和力量杀死敌人，但我可以使他慢性麻醉而死。"于是他便吩咐他开的那个酒厂卖给日本人的酒，酒精的度数要越高越好。

诗人气质的郁达夫，始终是一个真正的爱国主义者。

达夫先生死了，他不能亲眼看到新民主主义的中华人民共和国的成立，而投身于人民的行列中，把自己思想更发展更提高。但他在中国新文艺上的贡献和功绩仍是不可磨灭的，他是"五四"以后有影响的作家之一。我们要了解中国新文艺史，他总是一个必须研究的作家。

五

最后，我想说一点编选的话，我编这部选集的时候，所见到的达夫先生的著作计有：《达夫全集》八册——《寒灰集》《鸡肋集》《过去集》《奇零集》《敝帚集》《薇蕨集》《断残集》《忏余集》（本集没有标明是全集，但就编排的体例和年月来看，应该是全集之八）。中篇小说两册——《迷羊》《她是一个弱女子》。另外还有《沉沦》一册，《达夫短篇小说集》上下两册，《达夫代表作》一册，《达夫自选集》一册，这些绝大部分甚至全部都已见于全集之中。还有散见于《文学杂志》中的一些零篇，如《出奔》便是从文学里选出的。此外便是五册散文和日记：《达夫散文集》《屐痕处处》《闲书》《日记九种》《达夫日记集》。

从以上集子里，我选出了如本书中的八篇小说，六篇散记。小说是按年月先后排列的，我觉得这样可以看出达夫先生的思想意识的矛盾及其错综复杂的情况来。散文除了第一篇《文学上的阶级斗争》而外，则是用了他自选集的五篇，排列次序一如自选集之旧。

达夫先生的旧体诗词也有他独具的风格，气息颇与黄仲则相近，而其阅世之深，意境之远，往往有黄仲则所不及处。不过这些诗词他并无专集行世，且又格于本书体例，这里也就割爱了。

一九五零年八月十日丁易序于北京。

目 次

出版说明 / 1
编辑凡例 / 7
序 / 9

小说

沉沦 / 3
采石矶 / 42
春风沉醉的晚上 / 62
薄奠 / 78
过去 / 91
迟桂花 / 110
东梓关 / 146
出奔 / 157

散记

文学上的阶级斗争 / 191
海上通信 / 198
一个人在途上 / 206
病闲日记 / 213
钓台的春昼 / 223
给一位文学青年的公开状 / 231

小 说

沉　沦

一

他近来觉得孤冷得可怜。

他的早熟的性情，竟把他挤到与世人绝不相容的境地去，世人与他的中间介在的那一道屏障，愈筑愈高了。

天气一天一天地清凉起来，他的学校开学之后，已经快半个月了。那一天正是九月的二十二日。

晴天一碧，万里无云，终古常新的皎日，依旧在她的轨道上，一程一程地在那里行走。从南方吹来的微风，同醒酒的琼浆一般，带着一种香气，一阵阵地拂上面来。在黄苍未熟的稻田中间，在弯曲同白线似的乡间的官道上面，他一个人手里捧了本六寸长的 Wordsworth 的诗集，尽在那里缓缓地独步。在这大平原内，四面并无人影：不知从何处飞来的一声两声的远吠声，悠悠扬扬地传到他的耳膜上来。他眼睛离开了书，同做梦似地向有犬吠声的地方看去，但看见了一丛杂树，几处人家，同鱼鳞似的屋瓦上，有一层薄薄的蜃气楼，同轻纱似的在那里飘落。

"Oh, you serene gossamer! You beautiful gossamer!"

这样的叫了一声,他的眼睛里就涌出了两行清泪来,他自己也不知道是什么缘故。

呆呆地看了好久,他忽然觉得背上有一阵紫色的气息吹来,息索地一响,道旁的一枝小草竟把他的梦境打破了。他回转头来一看,那枝小草还是颠摇不已,一阵带着紫罗兰气息的和风,温微微地喷到他那苍白的脸上来。在这清和的早秋的世界里,在这澄清透明的以太(ether)中,他的身体觉得同陶醉似的酥软起来。他好像是睡在慈母怀里的样子。他好像是梦到了桃花源里的样子。他好像是在南欧的海岸,躺在情人膝上,在那里贪午睡的样子。

他看看四边,觉得周围的草木,都在那里对他微笑。看看苍空,觉得悠久无穷的大自然,微微地在那里点头。一动也不动地向天看了一会,他觉得天空中有一群小天神,背上插着了翅膀,肩上挂着了弓箭,在那里跳舞。他觉得乐极了。便不知不觉开了口,自言自语的说:

"这里就是你的避难所。世间的一般庸人都在那里妒忌你,轻笑你,愚弄你;只有这大自然,这终古常新的苍空皎日,这晚夏的微风,这初秋的清气,还是你的朋友,还是你的慈母,还是你的情人;你也不必再到世上去与那些轻薄的男女共处去,你就在这大自然的怀里,这纯朴的乡间终老了罢。"

这样地说了一遍。他觉得自家可怜起来,好像有万千哀怨,横亘在胸中,一口说不出来的样子。含了一双清泪,他的眼睛又看到他手里的书上去。

　　Behold her, single in the field,
　　You solitary Highland lass!
　　Reaping and singing by herself;
　　Stop here, or gently pass!
　　Alone she cuts, and binds the grain,
　　And sings a melancholy strain;
　　Oh, listen! for the vale profound
　　Is overflowing with the sourd.

看了这一节之后,他又忽然翻过一张来,脱头脱脑地看到那第三节去。

　　Will no one tell me what she sings?
　　Perhaps the plaintive numbers flow
　　For old, unhappy, far-off things,
　　And battle long ago;
　　Or is it some more humble lay,
　　Familiar matter of today?
　　Some natural sorrow, loss, or pain,
　　That has been and may be again!

这也是他近来的一种习惯,看书的时候,并没有次序的。几百页的大书,更可不必说了,就是几十页的小册子,如爱美生(Emerson)的《自然论》(*On Nature*),沙罗(Thoreau)的《逍遥游》(*Excursion*)之类,也没有完完全全从头至尾地读完一篇过。当他起初翻开一册书来看的时候,读了四行五行或一页二页,他每被那一本书感动,恨不得要一口气把那一本书吞下肚子里去的样子,到读了三页四页之后,他又生起一种怜惜的心来,他心里似乎说:

"像这样的奇书,不应该一口气就把它念完,要留着细细儿地咀嚼才好。一下子就念完了之后,我的热望也就不得不消灭,那时候我就没有好望,没有梦想了,怎么使得呢?"

他的脑里虽然有这样的想头,其实他的心里早有一些儿厌倦起来,到了这时候,他总把那本书收过一边,不再看下去。过几天或者过几个钟头之后,他又用了满腔的热忱,同初读那一本书的时候一样的,去读另外的书去;几日前或者几点钟前那样地感动他的那一本书,就不得不被他遗忘了。

放大了声音把渭迟渥斯的那两节诗读了一遍之后,他忽然想把这一首诗用中国文翻译出来。

孤寂的高原刈稻者

他想想看,"The solitary reaper"诗题只有如此的译法。

你看那个女孩儿,她只一个人在田里,

你看那边的那个高原的女孩儿,她只一个人,冷清清地!

她一边刈稻,一边在那儿唱着不已:

她忽儿停了,忽而又过去了,轻盈体态,风光细腻!

她一个人,刈了,又重把稻儿捆起,

她唱的山歌,颇有些儿悲凉的情味:

听呀听呀!这幽谷深深,

全充满了她的歌唱的清音。

有人能说否,她唱的究是什么?

或者她那万千的痴话

是唱的前代的哀歌,

或者是前朝的战事,千兵万马;

或者是些坊间的俗曲,

便是目前的家常闲说?

或者是些天然的哀怨,必然的丧苦,自然的悲楚,

这些事虽是过去的回思,将来想亦必有人指诉。

他一口气译了出来之后,忽又觉得无聊起来,便自嘲自骂的说道:

"这算是什么东西呀,岂不同教会里的赞美歌一样的乏味么?英国诗是英国诗,中国诗是中国诗,又何必译来译去呢!"

这样地说了一句,他不知不觉便微微儿地笑起来。向四边一看,太阳已经打斜了;大平原的彼岸,西边的地平线上,有一座高山浮在那里,饱受了一天残照,山的周围酝酿成一层朦朦胧胧的岚气,反射出一种紫不紫红不红的颜色来。

他正在那里出神呆看的时候,喀的咳嗽了一声,他的背后忽然来了一个农夫。回头一看,他就把他脸上的笑容改装成一副忧郁的面色,好像他的笑容是怕被人看见的样子。

二

　　他的忧郁症愈闹愈甚了。

　　他觉得学校里的教科书,真同嚼蜡一般,毫无半点生趣。天气清朗的时候,他每捧了一本爱读的文学书,跑到人迹罕至的山腰水畔,去贪那孤寂的深味去。在万籁俱寂的瞬间,在天水相映的地方,他看看草木虫鱼,看看白云碧落,便觉得自家是一个孤高傲世的贤人,一个超然独立的隐者。有时在山中过着一个农夫,他便把自己当作了 Zaratustra,把 Zaratustra 所说的话,也在心里对那农夫讲了。他的 megalomania 也同他的 hypochondria 成了正比例,一天一天地增加起来。在这样的时候,也难怪他不愿意上学校去,去作那同机械一样的工夫去。他竟有连接四五天不上学校去听讲的时候。

　　有时候他到学校里去,他每觉得众人都在那里凝视他的样子。他避来避去想避他的同学,然而无论到了什么地方,他的同学的眼光,总好像怀了恶意,射在他背脊上的样子。

　　上课的时候,他虽然坐在全班学生的中间,然而总觉得孤独得很:在稠人广众之中感得的这种孤独,倒比一个人在冷清的地方感得的那种孤独还更难受。看看他的同学们,一个个都是兴高采烈地在那里听先生的讲义,只有他一个人身体虽然坐在讲堂里头,心思却同飞云逝电一般,在那里作无边无际的空想。

　　好容易下课的钟声响了!先生退去之后,他的同学说笑的说笑,谈天的谈天,个个都同春来的燕雀似的,在那里作乐;只有他一个人锁了愁眉,舌根好像被千钧的巨石锤住的样子,兀的不作一声。他也很希望他的同学来对他讲些闲话,然而他的同学却都自家管自家地去寻欢作乐去,一见了他那一副愁容,没有一个不抱头奔散的,因此他愈加怨他的同学了。

"他们都是日本人,他们都是我的仇敌,我总有一天来复仇,我总要复他们的仇。"

一到了悲愤时候,他总这样的想的,然而到了安静之后,他又不得不嘲骂自家说:

"他们都是日本人,他们对你当然是没有同情的,因为你想得他们的同情,所以你怨他们,这岂不是你自家的错误么?"

他的同学中的好事者,有时候也有人来向他说笑的,他心里虽然非常感激,想同那一个人谈几句知心的话,然而口中总说不出什么话来;所以有几个解他的意的人,也不得不同他疏远了。

他的同学日本人在那里欢笑的时候,他总疑他们是在那里笑他,他就一霎时的红起脸来。他们在那里谈天的时候,若有偶然看他一眼的人,他又忽然红起脸来,以为他们是在那里讲他。他同他同学中间的距离,一天一天地远背起来。他的同学都以为他是爱孤独的人,所以谁也不敢来近他的身。

有一天放课之后,他挟了书包回到他的旅馆里来,有三个日本学生同他同路的。将要到他寄寓的旅馆的时候,前面忽然来了两个穿红裙的女学生。在这一区市外的地方,从没有女学生看见的,所以他一见了这两个女子,呼吸就紧缩起来。他们

四个人同那两个女子擦过的时候,他的三个日本人的同学都问她们说:

"你们上那儿去?"

那两个女学生就作起娇声来回答说:

"不知道!"

"不知道!"

那三个日本学生都高声笑起来,好像是很得意的样子,只有他一个人似乎是他自家同她们讲了话似的,匆匆跑回旅馆里来。进了他自家的房,把书包用力地向席上一丢,他就在席上躺下了——日本室内都铺的席子,坐也席地而坐,睡也睡在席上的——他的胸前还在那里乱跳:用了一只手枕着头,一只手按着胸口,他便自嘲自骂地说:

"You coward fellow, you are too coward!"

"你既然怕羞,何以又要后悔?"

"既要后悔,何以当时你又没有那样的胆量?不同她们去讲一句话。"

"Oh, coward, coward!"

说到这里,他忽然想起刚才那两个女学生的眼波来了。

那两双活泼泼的眼睛!

那两双眼睛里,确有惊喜的意思含在里头。然而再仔细想了一想,他又忽然叫起来说:

"呆人呆人!她们虽有意思,与你有什么相干?她们所送的秋波,不是单送给那三个日本人的么?唉!唉!她们已经知道了,已经知道我是支那人了,否则她们何以不来看我一眼呢!复仇复仇,我总要复她们的仇。"

说到这里,他那火热的颊上忽然滚了几颗冰冷的眼泪下来。他是伤心到极点了。这一天晚上,他记的日记说:

> 我何苦要到日本来,我何苦要求学问。既然到了日本,那自然不得不被他们日本人轻侮的。中国呀中国!你怎么不富强起来。我不能再隐忍过去了。
>
> 故乡岂不有明媚的山河,故乡岂不有如花的美女?我何苦要到这东海的岛国里来!
>
> 到日本来倒也罢了,我何苦又要进这该死的高等学校。他们留了五个月学回去的人,岂不在那里享荣华安乐么?这五六年的岁月,教我怎么能挨得过去。受尽了千辛万苦,积了十数年的学识,我回国去,难道定能比他们来胡闹的留学生更强么?
>
> 人生百岁,年少的时候,只有七八年的光景,这最纯最美的七八年,我就不得不在这无情的岛国里虚度过去,可怜我今年已经是二十一了。
>
> 槁木的二十一岁!
>
> 死灰的二十一岁!
>
> 我真还不如变了矿物质的好,我大约没有开花的日子了。
>
> 知识我也不要,名誉我也不要,我只要一个能安慰我体谅我的"心"。一副白热的心肠!从这一副心肠里生出来的同情!
>
> 从同情而来的爱情!

我所要求的就是爱情！

若有一个美人，能理解我的苦楚，她要我死，我也肯的。

若有一个妇人，无论她是美是丑，能真心实意地爱我，我也愿意为她死的。

我所要求的就是异性的爱情！

苍天呀苍天，我并不要知识，我并不要名誉，我也不要那些无用的金钱，你若能赐我一个伊甸园内的"伊扶"，使她的肉体与心灵全归我有，我就心满意足了。

三

他的故乡，是富春江上的一个小市，去杭州水程不过八九十里。这一条江水，发源安徽，贯流全浙，江形曲折，风景常新：唐朝有一个诗人赞这条江水说"一川如画"。他十四岁的时候，请了一位先生写了这四个字，贴在他的书斋里，因为他的书斋的小窗，是朝着江面的。虽则这书斋结构不大，然而风雨晦明，春秋朝夕的风景，也还抵得过滕王高阁。在这小小的书斋里过了十几个春秋，他才跟了他的哥哥到日本来留学。

他三岁时候就丧了父亲，那时候他家里困苦得不堪。好容易他长兄在日本 W 大学卒了业，回到北京，考了一个进士，分发在法部当差，不上两年，武昌的革命起来了。那时候他已在县立小学堂卒了业，正在那里换来换去地换中学堂。他家里的人都怪他无恒性，说他的心思太活；然而依他自己讲来，他以为他一个人同别的学生不同，不能按部就班地同他们同在一处求学的。所以他进了 K 府中学之后，不上半年又忽然转到 H 府中学来；在 H 府中学住了三个月，革命就起来了。H 府中学停学之后，他依旧只能回到他那小小的书斋里来。第二年的春天，正是他十七岁的时候，他就进了 H 大学的预科。这大学是在杭州城外，本来是美国长老会捐钱创办的，所以学校里浸润了一种专制的弊风，学生的自由，几乎被压缩得同针眼儿一般的小。礼拜三的晚上有什么祈祷会，礼拜日非但不准出去游玩，并且在家里看别的书也不准的，除了唱赞美诗祈祷之外，只许看《新旧约》书；每天早晨从九点钟到九点二十分，定要去做礼拜，不去做礼拜，就要扣分数记过。他虽然非常爱那学校近旁的山水景物，然而他的心里，总有些反抗的意思，因为他是一个爱自由的人，对那些迷信的管束，怎么也不甘心服从的。住不上半年，那大学里的厨子，托了校长的势，竟打起学生来。学生中间有几个不服的，便去告诉校长，校长反说学生不是。他看看这些情形，实在是太无道理了，就立刻去告了退，仍复回家，到那小小的书斋里去。那时候已经是六月初了。

在家里住了三个多月，秋风吹到富春江上，两岸的绿树就快凋落的时候，他又坐了帆船，下富春江，上杭州去。却好那时候石牌楼的 W 中学正在那里招插班生，他进去见了校长 M 氏，把他的经历说给了 M 氏夫妻听，M 氏就许他插入最高的班里去。这 W 中学原来也是一个教会学校，校长 M 氏，也是一个糊涂的美国宣教师；他看看这学校的内容倒比 H 大学不如了。与一位很卑鄙的教务长——原来这一位先生就是 H 大学的卒业生——闹了一场，第二年的春天，他就出来了。出了 W 中学，他看看杭州的学校都不能如他的意，所以他就打算不再进别的学校去。

正是这个时候，他的长兄也在北京被人排斥了。原来他的长兄为人正直得很，在部里办事，铁面无私，并且比一般部内的人物又多了一些学识，所以部内上下都忌惮他。有一天，某次长的私人来问他要一个位置，他执意不肯，因此次长就同他闹起意见来，过了几天，他就辞了部里的职，改到司法界去做司法官去了。他的二兄，那时候正在绍兴军队里作军官，这一位二兄，军人习气颇深，挥金如土，专喜结交侠少。他们弟兄三人，到这时候都不能如意之所为，所以那一小市镇里的闲人都说他们的风水破了。

他回家之后，便镇日镇夜地蛰居在他那小小的书斋里。他父祖及他长兄所藏的书籍，就作了他的良师益友。他的日记上面，一天一天地记起诗来。有时候他也用了华丽的文章做起小说来；小说里就把他自己当作了一个多情的勇士，把他邻近的一家寡妇的两个女儿，当作了贵族的苗裔，把他故乡的风物，全编作了田园的清景；有兴的时候，他还把他自家的小说，用单纯的外国文翻译起来；他的幻想愈演愈大了，他的忧郁病的根苗，大约也就在这时候培养成功的。

在家里住了半年，到了七月中旬，他接到他长兄的来信说：

> 院内近有派予赴日本考察司法事务之意，予已许院长以东行，大约此事不日可见命令，渡日之先，拟返里小住。三弟居家，断非上策，此次当偕赴日本也。

他接到了这一封信之后，心中日日盼他长兄南来，到了九月下旬，他的兄嫂才自北京到家。住了一月，他就同他的长兄长嫂同到日本去了。

到了日本之后，他的 dreams of the romantie age 尚未醒悟，模模糊糊地过了半载，他就考入东京第一高等学校里去了。这正是他十九岁的秋天。

第一高等学校将开学的时候，他的长兄接到了院长的命命，要他回去。他的长兄便把他寄托在一家日本人的家里，几天之后，他的长兄长嫂和他的新生的侄女儿就回国去了。

东京的第一高等学校里有一班预备班，是为中国学生特设的。

在这预科里预备一年，卒业之后才能入各地高等学校的正科，与日本学生同学。他考入预科的时候，本来填的是文科，后来将在预科卒业的时候，他的长兄定要他改到医科去，他当时亦没有什么主见，就听了他长兄的话把文科改了。

预科卒业之后，他听说 N 市的高等学校是最新的，并且 N 市是日本产美人的地方，所以他就要求到 N 市的高等学校去。

四

　　他的二十岁的八月二十九日的晚上，他一个人从东京的中央车站乘了夜行车到 N 市去。

　　那一天大约刚是旧历的初三四的样子，同天鹅绒似的又蓝又紫的天空里，洒满了一天星斗。半痕新月，斜挂在西天角上，却似仙女的蛾眉，未加翠黛的样子。他一个人靠着了三等车的车窗，默默地在那里数窗外人家的灯火。火车在暗黑的夜气中间，一程一程地进去，那大都市的星星灯火，也一点一点地朦胧起来，他的胸中忽然生了万千哀感，他的眼睛里就忽然觉得热起来了。

　　"Sentimontal, too sentimental!"

　　这样地叫了一声，把眼睛揩了一下，他反而自家笑起自家来。

　　"你也没有情人留在东京，你也没有弟兄知己住在东京，你的眼泪究竟是为谁洒的呀！或者是对于你过去的生活的伤感，或者是对你二年间的生活的馀情，然而你平时不是说不爱东京的么？

　　"唉，一年人住岂无情。

　　"黄莺住久浑相识，欲别频啼四五声！"

　　胡思乱想地寻思了一会，他又忽然想到初次赴新大陆去的清教徒身上去。

　　"那些十字架下的流人，离开他故乡海岸的时候，大约也是悲壮淋漓,同我一样的。"

火车过了横滨,他的感情方才渐渐儿地平静起来。呆呆地坐了一忽,他就取了一张明信片出来,垫在海涅(Heine)的诗集上,用铅笔写了一首诗寄他东京的朋友。

> 蛾眉月上柳梢初,又向天涯别故居。四壁旗亭争赌酒,六街灯火远随车。乱离年少无多泪,行李家贫只旧书。夜后芦根秋水长,凭君南浦觅双鱼。

在朦胧的电灯光里,静悄悄地坐了一会,他又把海涅的诗集翻开来看了。

> Lebet wohl, ihr glatten Saele,
> Glatte Herren, glatte Frauen!
> Auf die Berge will ich steigen,
> Lac end auf euch niederschauen!
> Aus Heines, Buch der Lieder。
> 浮薄的尘寰,无情的男女。
> 你看那隐隐的青山,我欲乘风飞去,
> 且住且住,
> 我将从那绝顶的高峰,笑看你终归何处。

单调的轮声,一声声连连续续地飞到他的耳膜上来,不上三十分钟他竟被这催眠的车轮声引诱到梦幻的仙境里去了。

早晨五点钟的时候,天空渐渐儿地明亮起来。在车窗里向外一望,他只见一线青天还被夜色包住在那里。探头出去一望,一层薄雾,笼罩着一幅天然的画图,他心里想了一想:

"原来今天又是清秋的好天气,我的福分,真可算不薄了。"

过了一个钟头,火车就到了N市的停车场。

下了火车,在车站上遇见了一个日本学生;他看看那学生的制帽上也有两条白线,便知道他也是高等学校的学生。他走上前去,对那学生脱了一脱帽,问他说:

"第X高等学校是在什么地方的?"

那学生回答说:

"我们一路去罢。"

他就跟了那学生跑出火车站来;在火车站的前头,乘了电车。

早晨还早得很,N市的店家都还未曾起来。他同那日本学生坐了电车,经过了几条冷清的街巷,就在鹤舞公园前面下了车。他问那日本学生说:

"学校还远得很么?"

"还有二里多路。"

穿过了公园,走到稻田中间的细路上的时候,他看看太阳已经起来了。稻上的露滴,还同明珠似的挂在那里。前面有一丛树林,树林阴里,疏疏落落地看得见几椽农舍。有两三条烟囱筒子,突出在农舍的上面,隐隐约约地浮在清晨的空气里。一缕两缕的青烟,同炉香似的在那里浮动,他知道农家已在那里炊早饭了。

到学校近边的一家旅馆去一问,他一礼拜前头寄出的几件行李,已经到在那里。原来那一家人家是住过中国留学生的,所以主人待他也很殷勤。在那一家旅馆里住下了之后,他觉得前途好像有许多欢乐在那里等他的样子。

他的前途的希望，在第一天的晚上，就不得不被目前的实情嘲弄了。原来他的故里，也是一个小小的市镇。到了东京之后，在人山人海的中间，他虽然时常觉得孤独，然而东京的都市生活，同他幼时的习惯尚无十分龃龉的地方。如今到了这N市的乡下之后，他的旅馆，是一家孤立的人家，四面并无邻舍，左首门外便是一条如发的大道，前后都是稻田，西面是一方池水，并且因为学校还没有开课，别的学生还没有到来，这一家宽旷的旅馆里，只住了他一个客人。白天倒还可以支吾过去，一到了晚上，他开窗一望，四面都是沉沉的黑影，并且因N市的附近是一大平原，所以望眼连天，四面并无遮障之处，远远里有一点灯火，明灭地无常，森然有些鬼气。天花板里，又有许多虫鼠，息栗索落地在那里争食。窗外有几株梧桐，微风动叶，飒飒地响得不已，因为他住在二层楼上，所以梧桐的叶战声，近在他的耳边。他觉得害怕起来，几乎要哭出来了。他对于都市的怀乡病（nostalgia），从未有比那一晚更甚的。

学校开了课，他朋友也渐渐儿地多起来。感受性非常强烈的他的性情，也同天空大地丛林野水融和了。不上半年，他竟变成了一个大自然的宠儿，一刻也离不了那天然的野趣了。

他的学校是在N市外，刚才说过N市的附近是一大平原，所以四边的地平线，界限广大得很。那时候日本的工业还没有十分发达，人口也还没有增加得同目下一样，所以他的学校的近边，还多是丛林空地，小阜低岗。除了几家与学生做买卖的文房具店及菜馆之外，附近并没有居民。荒野的中间，只有几家为学生而设的旅馆,同晓天的星影一般,散缀在麦田瓜地的中央。晚饭毕后,披了黑呢的缦斗(le manteau),拿了爱读的书,在迟迟不落的夕照中间散步逍遥,是非常快乐的。他的田园趣味,大约也是在这 Idyllie Wanderings 的中间养成的。

在生活竞争不十分猛烈,逍遥自在,同中古时代一样的时候;在风气纯良,不与市井小人同处,清闲雅淡的地方;过日子正如做梦一般。他到了 N 市之后,转瞬之间,已经有半载多了。

熏风日夜地吹来,草色渐渐儿地绿起来。旅馆近旁麦田里的麦穗,也一寸一寸地长起来了。草木虫鱼都化育起来,他的从始祖传来的苦闷也一日一日地增长起来,他每天早晨,在被窝里犯的罪恶,也一次一次地加起来了。

他本来是一个非常爱高尚爱洁净的人,然而一到了这邪念发生的时候,他的智力也无用了,他的良心也麻痹了,他从小服膺的"身体发肤不敢毁伤"的圣训,也不能顾全了。他犯了罪之后,每深自痛悔,切落地说,下次总不再犯了,然而到了第二天的那个时候,种种幻想,又活泼泼地到他的眼前来。他平时所看见的"伊扶"的遗类,都赤裸裸地来引诱他。中年以后的 madam 的形体,在他的脑里,比处女更有挑发他情动的地方。他苦闷一场,恶斗一场,终究不得不做她们的俘虏。这样地一次成了两次,两次之后就成了习惯了。他犯罪之后,每到图书馆里去翻出医书来看,医书上都千篇一律的说,于身体最有害的就是这一种犯罪。从此之后,他的恐惧心也一天一天地增加起来。有一天他不知道从什么地方得来的消息,好像是一本书上说，俄国近代文学的创设者 Gogol 也犯这一宗病，他到死竟没有改过来，他想到了 Gogol 心里就宽了一宽，因为这《死了的灵魂》的著者，也是同他一样的。然而这不过自家对自家的宽慰而已，他的胸里，总有一种非常的忧虑存在那里。

因为他是非常爱洁净的，所以他每天总要去洗澡一次，因为他是非常爱惜身体的，所以他每天总要去吃几个生鸡子和牛乳；然而他去洗澡或吃牛乳鸡子的时候，他总觉得惭愧得很，因为这都是他的犯罪的证据。

他觉得身体一天一天地衰弱起来，记忆力也一天一天地减退了。他又渐渐儿地生了一种怕见人面的心，见了妇女的时候，他觉得更加难受。学校的教科书，他渐渐地嫌恶起来，法国自然派的小说和中国那几本有名的诲淫小说，他念了又念，几乎记熟了。

有时候他忽然做出一首好诗来，他自家便喜欢得非常，以为他的脑力还没有破坏。那时候他每对着自家起誓说：

"我的脑力还可以使得，还能做得出这样的诗，我以后决不再犯罪了。过去的事实是没法，我以后总不再犯罪了。若从此自新，我的脑力还是很可以的。"然而，到了紧迫的时候，他的誓言又忘了。

每礼拜四五，或每月的二十六七的时候，他索性尽意地贪起欢来。他的心里想，自下礼拜一或下月初一起，我总不犯罪了。有时候正合到礼拜六或月底的晚上，去剃头洗澡去，以为这就是改过自新的记号，然而过几天，他又不得不吃鸡子和牛乳了。

他的自责心同恐惧心，竟一日也不使他安闲，他的忧郁症也从此厉害起来了。这样的状态继续了一二个月，他的学校里就放了暑假。暑假的两个月内，他受的苦闷，更甚于平时；到了学校开课的时候，他的两颊的颧骨更高起来，他的青灰色的眼窝更大起来，他的一双灵活的瞳人，变了同死鱼的眼睛一样了。

五

秋天又到了。浩浩的苍空，一天一天地高起来。他的旅馆旁边的稻田，都带起黄金色来。朝夕的凉风，同刀也似的刺到人的心骨里去，大约秋冬的佳日，来也不远了。

一礼拜前的有一天午后，他拿了一本 wordsworth 的诗集，在田塍路上逍遥漫步了半天。从那一天以后，他的循环性的忧郁症，尚未离他的身过。前几天在路上遇着的那两个女学生，常在他的脑里，不使他安静：想起那一天的事情，他还是一个人要红起脸来。

他近来无论上什么地方去，总觉得有坐立难安的样子。他上学校去的时候，觉得他的日本同学都似在那里排斥他。他的整个中国同学，也许久不去寻访了，因为去寻访了回来，他心里反觉得空虚。他的几个中国同学，怎么也不能理解他的心理。他去寻访的时候，总想得些同情回来的，然而谈了几句之后，他又不得不自悔寻访错了。有时候讲得投机，他就任了一时的热意，把他的内外的生活都讲了出来，然而到了归途，他又自悔失言，心理的责备，倒反比不去访友的时候更加厉害。他的几个中国朋友，因此都说他是染了神经病了。他听了这话之后，对了那几个中国同学，也同对日本学生一样，起了一种复仇的心。他同他的几个中国同学，一日一日地疏远起来。虽在路上，或在学校里遇见的时候，他同那几个中国同学，也不点头招呼。中国留学生开会的时候，他当然是不去出席的。因此他同他的几个同胞，竟宛然成了两家仇敌。

他的中国同学的里边，也有一个很奇怪的人：因为他自家的结婚有些道德上的罪恶，所以他专喜讲人的丑事，以掩己之不善，说他是神经病，也是这一位同学说的。

他交游离绝之后，孤冷得几乎到将死的地步，幸而他住的旅馆里，还有一个主人的女儿，可以牵引他的心，否则他真只能自杀了。他旅馆的主人的女儿，今年正是十七岁，长方的脸儿，眼睛大得很，笑起来的时候，面上有两颗笑靥，嘴里有一颗金牙看得出来，因为她的笑容是非常可爱，所以她也时常在那里笑的。

他心里虽然非常爱她，然而她送饭来或来替他铺被的时候，他总装出一种兀不可犯的样子来。他心里虽想对她讲几句话，然而一见了她，他总不能开口。她进他房里来的时候，他的呼吸竟急促到吐气不出的地步。他在她的面前实在是受苦不起了，所以近来她进他的房里来的时候，他每不得不跑出房外去。然而他思慕她的心情，却一天一天地浓厚起来。有一天礼拜六的晚上，旅馆里的学生都上 N 市去行乐去。他因为经济困难，所以吃了晚饭，上西面池上去走了一回，就回来了。

回家来坐了一会，他觉得那空旷的二层楼上，只有他一个人在家。静悄悄地坐了不耐烦起来的时候，他又想跑出外面去。然而要跑出外面去，不得不由主人的房门口经过，因为主人和他女儿的房，就在大门的边上。他记得刚才进来的时候，主人和他的女儿正在那里吃饭。他一想到经过她面前的时候的苦楚，就把跑出外面去的心思去了。

拿出了一本G. Gissing的小说来读了三四页之后，静寂的空气里，忽然传了几声煞煞的泼水声音过来。他静静儿地听了一听，呼吸又一霎时地急了起来，面色也涨红了。迟疑了一会，他就轻轻的开了房门，拖鞋也不拖，幽脚幽手地走下扶梯去。轻轻地开了便所的门，他尽兀兀地站在便所的玻璃窗口偷看。原来他旅馆里的浴室，就在便所的间壁，从便所的玻璃窗里看去，浴室里的动静了了可见。他起初以为看一看就可以走的，然而到了一看之后，他竟同被钉子钉住的一样，动也不能动了。

那一双雪样的乳峰！

那一双肥白的大腿！

这全身的曲线！

呼气也不呼，仔仔细细地看了一会，他面上的筋肉都发起痉来。愈看愈颠得厉害，他那发颤的前额部竟同玻璃窗冲击了一下。被蒸气包住的那赤裸裸的"伊扶"便发了娇声问说：

"是谁呀……"

他一声也不响，急忙跳出了便所，就三脚两步地跑上楼上去了。

他跑到了房里，面上同火烧的一样，口也干渴了。一边他自家打自家的嘴巴，一边就把他的被窝拿出来睡了。他在被窝里翻来覆去，总睡不着，便立起了两耳，听起楼下的动静来。他听听泼水的声音也息了，浴室的门开了之后，他听见她的脚步声好像是走上楼来的样子。用被包着了头，他心里的耳朵明明告诉他说：

"她已经立在门外了。"

他觉得全身的血液都往上奔注的样子。心里怕得非常，羞得非常，也喜欢得非常，然而若有人问他，他无论如何，总不肯承认说，这时候他是喜欢的。

他屏住了气息，尖着了两耳听了一会，觉得门外并无动静，又故意咳嗽了一声，门外亦无声响。他正在那里疑惑的时候，忽听见她的声音，在楼下同她的父亲在那里说话。他手里捏了一把冷汗，拼命想听出她的话来，然而无论如何总听不清楚。停了一会，她的父亲高声地笑了起来，他把被蒙头的一罩，咬紧了牙齿说：

"她告诉了他了！她告诉了他了！"

这一天的晚上，他一睡也不曾睡着。第二天的早晨，天亮的时候，他就惊心吊胆地走下楼来。洗了手面，刷了牙，趁主人和他的女儿还没有起来之先，他就同逃也似的出了那个旅馆，跑到外面来。

官道上的沙尘，染了朝露，还未曾干着。太阳已经起来了。他不问皂白，一直地往东走去。远远有一个农夫，拖了一车野菜慢慢地走来。那农夫同他擦过的时候，忽然对他说：

"你早啊!"

他倒惊了一跳,那清瘦的脸上又起了一层红潮,胸前又乱跳起来,他心里想:

"难道这农夫也知道了么?"

无头无脑地跑了好久,他回转头来看看他的学校,已经远得很了。太阳也升高了。他摸摸表看,那银饼大的表也不在身边。从太阳的角度看起来,大约已经是九点钟前后的样子。他虽然觉得饥饿得很,然而无论如何,总不愿意再回到那旅馆里去,同主人和他的女儿相见。想去买些零食充一充饥,然而他摸摸自家的袋看,袋里只剩了一角二分钱在那里。他到一家乡下的杂货店内,尽那一角二分钱,买了些零碎的食物,想去寻一处无人看见的地方去吃去。走到了一处两路交叉的十字路口,他朝南一望,只见与他的去路横交的那一条自北趋南的路上,行人稀少得很。那一条路是向南斜低下去的,两面更有高壁在那里,他知道这路是从一条小山中开辟出来的。他刚才走来的那条大道,便是这山的岭脊,十字路当作了中心,与岭脊上的那条大道相交的横路,是两边低斜下去的。在十字路口迟疑了一会,他就取了那一条向南斜下的路走去。走尽了两面的高壁,他的去路就穿入大平原去,直通到彼岸的市内。平原的彼岸有一簇深林,划在碧空的心里,他心里想:

"这大约就是 A 神宫了。"

他走尽了两面的高壁,向左手斜面上一望,见沿高壁的那山面上有一道女墙,围住着几间茅舍,茅舍的门上悬着了"香雪海"三字的一方匾额。他离开了正路,走上几步,到那女墙的门前，顺手地向门一推，那两扇柴门竟自开了。他就随随便便地踏了进去：门内有一条曲径，自门口通过了斜面，直达到山上去的。曲径的两旁，有许多苍老的梅树种在那里，他知道这就是梅林了。顺了那一条曲径，往北的从斜面上走到山顶的时候，一片同图画似的平地，展开在他的眼前。这园自从山脚上起，跨有朝南的半山斜面，同顶上的一块平地，布置得非常幽雅。

山顶平地的西面是千仞的绝壁，与隔岸的绝壁相对峙，两壁的中间，便是他刚走过的那一条自北趋南的通路。背临着了那绝壁，有一间楼屋，几间平屋造在那里。因为这几间屋，门窗都闭在那里，他所以知道这定是为梅花开日卖酒食用的。楼屋的前面有一块草地，草地中间有几方白石，围成了一个花圈，圈子里，卧着一枝老梅。那草地的南尽头，山顶的平地正要向南斜下去的地方，有一块石碑立在那里，系记这梅林的历史的。他在碑前的草地上坐下之后，就把买来的零食拿出来吃了。

吃了之后，他兀兀地在草地上坐了一会。四面并无人声，远远的树枝上时有一声两声的鸟鸣声飞来。他仰起头来看看澄清的碧空，同那皎洁的日轮，觉得四面的树枝房屋，小草飞禽，都一样地在和平的太阳光里受大自然的化育。他那昨天晚上的犯罪的记忆，正同远海的帆影一般，不知消失到哪里去了。

这梅林的平地上和斜面上，又来又去的曲径很多。他站起来走来走去地走了一会，方晓得斜面上梅树的中间，更有一间平屋造在那里。从这一间房屋往东的走去几步，有眼古井，埋在松叶堆中。他摇摇井上的唧筒看，呷呷地响了几声，却抽不起水来。他心里想：

"这园大约只有梅花开的时候，开放一下，平时总没有人住的。"

想到这里，他又自言自语地说：

"既然空在这里，我何妨去问园主人去借住借住。"

想定了主意，他就跑下山来，打算去寻园主人去。他将走到门口的时候，却好遇见一个五十来岁的农夫走进园来。他对那农夫道歉之后，就问他说：

"这园是谁的，你可知道么？"

"这园是我经管的。"

"你住在什么地方的？"

"我住在路的那面的。"

一边这样地说，一边那农民指着通路西边的一间小屋给他看。他向西一看，果然在西边的高壁尽头的地方，有一间小屋在那里。他点了点头，又问说：

"你可以把园内的那间楼屋租给我住住么？"

"可是可以的，你只一个人么？"

"我只一个人。"

"那你可不必搬来的。"

"这是什么缘故呢？"

"你们学校里的学生，已经有几次搬来过了，大约都因为冷静不过，住不上十天就搬走的。"

"我可同别人不同，你但能租给我，我是不怕冷静的。"

"这样岂有不租的道理，你想什么时候搬来？"

"就是今天午后罢。"

"可以的，可以的。"

"请你就替我扫一扫干净，免得搬来之后着忙。"

"可以可以。再会！"

"再会！"

六

搬进了山上梅园之后，他的忧郁症（hypochondria）又变起形状来了。

他同他的北京的长兄，为了一些儿细事，竟生起龃龉来。他发了一封长长的信，寄到北京，同他的长兄绝了交。

那一封信发出之后，他呆呆地在楼前草地上想了许多时候。他自家想想看，他便是世界上最不幸的人了。其实这一次的决裂，是发始于他的。同室操戈，事更甚于他姓之相争，自此之后，他恨他的长兄竟同蛇蝎一样。他被他人欺侮的时候，每把他长兄拿出来作比：

"自家的弟兄尚且如此，何况他人呢！"

他每达到这一个结论的时候，必尽把他长兄待他苛刻的事情，细细回想出来。把各种过去的事迹列举出来之后，就把他长兄判决是一个恶人，他自家是一个善人。他又把自家的好处列举出来，把他所受的苦处夸大地细数起来。他证明得自家是一个世界上最苦的人的时候，他的眼泪就同瀑布似地流下来。

他在那里哭的时候,空中好像有一种柔和的声音对他说:

"啊吓,哭的是你么?那真是冤屈了你了。像你这样的善人,受世人的那样的虐待,这可是真冤屈了你了。罢了罢了,这也是天命,你别再哭了,怕伤害了你的身体!"

他心里一听到这一种声音,就舒畅起来。他觉得悲苦的中间,也有无穷的甘味在那里。

他因为想复他长兄的仇,所以就把所学的医科丢弃了,改入文科里去。他的意思,以为医科是他长兄要他改的,仍旧改回文科,就是对他长兄宣战的一种明示。并且他由医科,改入文科,在高等学校须迟卒业一年。他心里想,迟卒业一年,就是早死一岁,你若因此迟了一年,就到死可以对你长兄含一种敌意。因为他恐怕一二年之后,他们兄弟两人的感情,仍旧和好起来;所以这一次的转科,便是帮他永久敌视他长兄的一个手段。

气候渐渐儿地寒冷起来,他搬上山来之后,已经有一个月了。几日来天气阴郁,灰色的层云,天天挂在空中。寒冷的北风吹来的时候,梅林的树叶已将凋落起来。

初搬来的时候,他卖了些旧书,买了许多炊饭的器具,自家烧了一个月饭,因为天冷了,他也懒得烧了。他每天的伙食,就一切包给了山脚下的园丁家包办,他近来只同退院的闲僧一样,除了怨人骂己之外,更没有别的事了。

有一天早晨,他侵早地起来。把朝东的窗门开了之后,他看见前面的地平线上有几缕红云,在那里浮落。东天半角,反照出一种银红的灰色。因为昨天下了一天微雨,所以他看了这清新的旭日，比平日更添了几分欢喜。他走到山的斜面上，从那古井里汲了水，洗了手面之后，觉得浑身的气力，一霎时回复转来的样子。他便跑上楼去，拿了一本黄仲则的诗集下来，一边高声朗读，一边尽在那梅林的曲径里，跑来跑去地跑圈子。不多一会，太阳起来了。

从他住的山顶向南方看去，眼下看得出一大平原。平原里的稻田都尚未收割起。金黄的谷色，以绀碧的天空作了背景，反映着一天太阳的晨光，那风景正同看密来（Mi let）的田园清画一般。

他觉得自家好像已经变了几千年前的原始基督教徒的样子，对了这自然的默示，他不觉笑起自家的气量狭小起来。

"饶赦了！饶赦了！你们世人得罪于我的地方，我都饶赦了你们罢！来，你们来，都来同我讲和罢！"

手里拿着了那一本诗集，眼里浮着了两泓清泪，正对了那平原的秋色呆呆地立在那里想这些事情的时候，他忽听见他的近边，有两人在那里低声地说：

"今晚上你一定要来的哩！"

这分明是男子的声音。

"我是非常想来的，但是恐怕……"

他听了这娇滴滴的女子的声音之后，好像是被电气贯穿了的样子，觉得自家的血液循环都停止了。原来他的身边有一丛长大的苇草生在那里，他立在苇草的右面，那一对男女，大约是在苇草的左面，所以他们两个还不晓得隔着苇草，有人站在那里。那男人又说：

"你心真好,请你今晚来罢,我们到如今还没在被窝里××。"

他忽然听见两人的嘴唇,唖唖地好像在那里吮吸的样子。他正同偷了食的野狗一样,就惊心吊胆地把身子屈倒去听了。

"你去死罢,你去死罢,你怎么会下流到这样的地步。"

他心里虽然如此地在那里痛骂自己,然而他那一双尖着的耳朵却一言半语也不愿意遗漏,用了全副精神在那里听着。

地上的落叶索息索息地响了一下。

解衣带的声音。

男人嘶嘶地吐了几口气。

舌尖吮吸的声音。

女人半轻半重,断断续续地说:

"你!……你!……你快……快××罢。……别……别……别被人……被人看见了。"

他的面色,一霎时地变了灰色了。他的眼睛同火也似的红了起来。他的上颚骨同下颚骨呷呷地发起颤来。他再也站不住了。他想跑开去,但是他的两只脚,总不听他的话。他苦闷了一场,听听两人出去了之后,就同落水的猫狗一样,回到楼上房里去,拿出被窝来睡了。

七

他饭也不吃,一直在被窝里睡到午后四点钟的时候才起来。那时候夕阳洒满了远近。平原的彼岸的树林里,有一带苍烟，悠悠扬扬地笼罩在那里。他跟跟跄跄地走下了山，上了那一条自北趋南的大道，穿过了那平原，无头无绪地尽是向南走去。走尽了平原，他已经到了A神宫前的电车停留处了。那时候恰好从南面有一乘电车到来，他不知不觉就乘了上去，既不知道他究竟为什么要乘电车，也不知道这电车是往什么地方去的。

走了十五六分钟，电车停了，开车的教他换车，他就换了一乘车。走了二三十分钟，电车又停了，他听见说是终点了，他就走了下来。他的面前就是筑港了。

前面一片汪洋的大海，横在午后的太阳光里，在那里微笑。超海而南有一发青山，隐隐地浮在透明的空气里。西边是，一脉长堤，直驰到海湾的心里去。堤外有一处灯台，同巨人似的立在那里。几艘空船和几只舢板，轻轻地在系着的地方浮荡。海中近岸的地方，有许多浮标，饱受了斜阳，红红地浮在那里。远处风来，带着几句单调的话声，既听不清楚是什么话，也不知道是从哪里来的。

他在岸边上走来走去走了一会，忽听见那一边传过了一阵击磬的声来。他跑过去一看，原来是为唤渡船而发的。他立了一会，看有一篷小火轮从对岸过来了。跟着了一个四五十岁的工人，他也进了那只小火轮去坐下了。

渡到东岸之后，上前走了几步，他看见靠岸有一家大庄子在那里。大门开得很大，庭内的假山花草，布置得楚楚可爱。他不问是非，就踱了进去。走不上几步，他忽听得前面家中有女人的娇声叫他说：

"请进来吓!"

他不觉惊了一头,就呆呆地站住了。他心里想:

"这大约就是卖酒食的人家,但是我听见说,这样的地方,总有妓女在那里的。"

一想到这里,他的精神就抖擞起来,好像是一桶冷水浇上身来的样子。他的面色立时变了。要想进去又不能进去,要想出来又不得出来;可怜他那同兔儿似的小胆,同猿猴似的淫心,竟把他陷到一个大大的难境里去了。

"进来吓!请进来吓!"

里面又娇滴滴地叫了起来,带着笑声。

"可恶东西,你们竟敢欺我胆小么?"

这样地怒了一下,他的面色更同火也似的烧了起来。咬紧了牙齿,把脚在地上轻轻地蹬了一蹬,他就捏了两个拳头向前进去,好像是对了那几个年轻的侍女宣战的样子。但是他那青一阵红一阵的面色,和他的面上微微儿在那里震动的筋肉,他总隐藏不过。他走到那几个侍女的面前的时候,几乎要同小孩似的哭出来了。

"请上来!"

"请上来!"

他硬了头皮,跟了一个十七八岁的侍女走上楼去,那时候他的精神已经有些镇静下来了。走了几步,经过一条暗暗的夹道的时候,一阵恼人的粉花香气,同日本女人特有的一种肉的香味,和头发上的香油气息合作了一处,扑上他的鼻孔里来。他立刻觉得头晕起来,眼睛里看见了几颗火星,向后边跌也似

地退了一步。他再定睛一看,只见他的前面黑暗暗的中间,有一长圆形的女人的粉面,堆着了微笑在那里问他说:

"你!你还是上靠海的地方去呢,还是怎样?"

他觉得女人口里吐出来的气息,也热和和地喷上他的面来。他不知不觉把这气息深深地吸了一口。他的意识感觉到他这行为的时候,他的面色又立刻红了起来。他不得已只能含含糊糊地答应她说:

"上靠海的房间里去。"

进了一间靠海的小房间,那侍女便问他要什么菜。他就回答说:

"随便拿几样来罢。"

"酒要不要?"

"要的。"

那侍女出去之后,他就站起来推开了纸窗,从外边放了一阵空气进来。因为房里的空气沉浊得很,他刚才在夹道中闻过的那一阵女人的香味,还剩在那里,他实在是被这一阵气味压迫不过了。

一湾大海,静静地浮在他的面前。外边好像是起了微风的样子,一片一片的海浪,受了阳光的返照,同金鱼的鱼鳞似的在那里微动。他立在窗前看了一会,低声的吟了一句诗出来:

"夕阳红上海边楼。"

他向西一望。见太阳离西南的地平线只有一丈多高了。呆呆地看了一会,他的心思怎么也离不开刚才的那个侍女。她的口里的头上的面上的和身体上的那一种香味,怎么也不容他的心思去想别的东西。他才知道他想吟诗的心是假的,想女人的肉体的心是真的了。

停了一会,那侍女把酒菜搬了进来,跪坐在他的面前,亲亲热热地替他上酒。他心里想仔仔细细地看她一看,把他的心里的苦闷都告诉了她,然而他的眼睛怎么也不敢平视她一眼,他的舌根怎么也不能摇动一摇动。他不过同哑子一样,偷看看她那搁在膝上的一双纤嫩的白手,同衣缝里露出来的一条粉红的围裙角。

原来日本的妇人都不穿裤子,身上贴肉只围着一条短短的围裙。外边就是一件长袖的衣服,衣服上也没有钮扣,腰里只缚着一条一尺多宽的带子,后面结着一个方结。她们走路的时候,前面的衣服每一步一步地掀开来,所以红色的围裙,同肥白的腿肉,每能偷看。这是日本女子特别的美处,他在路上遇见女子的时候,注意的就是这些地方。他切齿地痛骂自己,畜生!狗贼!卑怯的人!也便是这个时候。

他看了那侍女的围裙角,心头便乱跳起来。愈想同她说话,他觉得愈讲不出话来。大约那侍女是看得不耐烦起来了,便轻轻的问他说:

"你府上是什么地方?"

一听了这一句话,他那清瘦苍白的面上,又起了一层红色;含含糊糊地回答了一声,他呐呐地总说不出话来。可怜他又站在断头台上了。

原来日本人轻视中国人,同我们轻视猪狗一样。日本人都叫中国人作"支那人",这"支那人"三字,在日本,比我们

骂人的"贱贼"还更难听,如今在一个如花的少女前头,他不得不自认说:

"我是支那人"了。

"中国呀中国,你怎么不强大起来!"

他全身发起痉来,他的眼泪又快滚下来了。

那侍女看他发颤发得厉害,就想让他一个人在那里喝酒,好教他把精神安镇安镇,所以对他说:

"酒就快没有了,我再去拿一瓶来罢。"

停了一会,他听得那侍女的脚步声又走上楼来。他以为她是上他这里来的,所以就把衣服整了一整,姿势改了一改。但是他被她欺了。她原来是领了两三个另外的客人,上间壁的那一间房间里去的。那两三个客人都在那里对那侍女取笑,那侍女也娇滴滴地说:

"别胡闹了,间壁还有客人在那里。"

他听了就立刻发起怒来。他心里骂他们说:

"狗才!俗物!你们都敢来欺侮我么?复仇复仇,我总要复你们的仇。世间那里有真心的女子!那侍女的负心东西,你竟敢把我丢了么?罢了罢了,我再也不爱女人了,我再也不爱女人了。我就爱我的祖国,我就把我的祖国当作了情人罢。"

他马上就想跑回去发愤用功。但是他的心里,却很羡慕那间壁的几个俗物。他的心里,还有一处地方在那里盼望那个侍女再回到他这里来。

他按住了怒,默默地喝干了几杯酒,觉得身上热起来。打开了窗门,他看看太阳就快要下山去了。又连饮了几杯,他觉得他面前的海景都朦胧起来。西面堤外的那灯台的黑影,长大了许多。一层茫茫的薄雾,把海天融混作了一处。在这一层浑沌不明的薄纱影里,西方那将落不落的太阳,好像在那里惜别的样子。他看了一会,不知道是什么缘故,只觉得好笑。呵呵地笑了一回,他用手擦擦自家那火热的双颊,便自言自语地说:

"醉了醉了!"

那侍女果然进来了。见他红了脸,立在窗口在那里痴笑,便问他说:

"窗开了这样大,你不冷的么?"

"不冷不冷,这样好的落照,谁舍得不看呢?"

"你真是一个诗人呀!酒拿来了。"

"诗人!我本来是一个诗人。你去把纸笔拿了来,我马上写一首诗给你看看。"

那侍女出去了之后,他自家觉得奇怪起来。他心里想:

"我怎么会变了这样大胆的?"

痛饮了几杯新拿来的热酒,他更觉得快活起来,又禁不得呵呵地笑了一阵。他听见间壁房间里的那几个俗物,高声地唱起日本歌来,他也放大了嗓子唱着说:

> 醉拍阑干酒意寒,江湖牢落又冬残。剧怜鹦鹉中州骨,未拜长沙太傅官。一饭千金图报易,五噫几辈出关难。茫茫烟水回头望,也为神州泪暗弹。

高声地念了几遍,他就在席上醉倒了。

八

　　一醉醒来，他看看自家睡在一条红绸的被里，被上有一种奇怪的香气。这一间房间也不很大，但已不是白天的那一间房间了。房中挂着一盏十烛光的电灯，枕头边上摆着了一壶茶，两只杯子。他倒了二三杯茶，喝了之后，就踉踉跄跄地走到房外去。他开了门，却好白天的那侍女也跑过来了。她问他说：

　　"你！你醒了么？"

　　他点了一点头，笑微微地回答说：

　　"醒了。厕所是在什么地方的？"

　　"我领你去罢。"

　　他就跟了她去。他走过日间的那道夹道的时候，电灯点得明亮得很。远近有许多歌唱的声音，三弦的声音，大笑的声音，传到他的耳朵里来。白天的情节，他都想了出来。一想到酒醉之后，他对那侍女说的那些话的时候，他觉得面上又发起烧来。

　　从厕所回到房里之后，他问那侍女说：

　　"这被是你的么？"

　　侍女笑着说：

　　"是的。"

　　"现在是什么时候了。"

　　"大约是八点四五十分的样子。"

　　"你去开了账来罢！"

"是。"

他付清了账,又拿了一张纸币给那侍女,他的手不觉微颤起来。那侍女说:

"我是不要的。"

他知道她是嫌少了。他的面色又涨红了,袋里摸来摸去,只有一张纸币了,他就拿了出来给她说:

"你别嫌少了,请你收了罢。"

他的手震动得更加厉害,他的话声也颤动起来了。那侍女对他看了一眼,就低声地说"谢谢!"

他一道地跑下了楼,套上了皮鞋,就走到外面来。

外面冷得非常,这一天,大约是旧历的初八九的样子。半轮寒月,高挂在天空的左半边。淡青的圆形天盖里,也有几点疏星,散在那里。

他在海边上走了一会,看看远岸的渔灯,同鬼火似的在那里招引他。细浪中间,映着了银色的月光,好像是山鬼的眼波,在那里开闭的样子。不知是什么道理,他忽想跳入海里去死了。

他摸摸身边看,乘电车的钱也没有了。想想白天的事情看,他又不得不痛哭自己。

"我怎么会走上那样的地方去的,我已经变了一个最下等的人了。悔也无及,悔也无及。我就在这里死了罢。我所求的爱情,大约是求不到了。没有爱情的生涯,岂不同死灰一样么?唉,这干燥的生涯,这干燥的生涯。世上的人又都在那里仇视我,欺侮我,连我自家的亲弟兄,自家的手足,都在那里挤我出去到这世界外去。我将何以为生，我又何必生存在这多苦的世界里呢！"

想到这里，他的眼泪就连连续续地滴下来。他那灰白的面色，竟同死人没有分别了。他也不举起手来揩揩眼泪，月光射到他的面上，两条泪线倒变了叶上的朝露一样放起光来。他回转头来，看看他自家的那又瘦又长的影子，不觉心痛起来。

"可怜你这清影，跟了我二十一年，如今这大海就是你的葬身地了；我的身子，虽然被人家欺辱，我可不该累你也瘦弱到这地步的。影子呀影子，你饶了我罢！"

他向西面一看，那灯台的光，一霎变了红一霎变了绿的，在那里尽它的本职。那绿的光射到海面上的时候，海面就现出一条淡青的路来。再向西天一看，他只见西方青苍苍的天底下，有一颗明星，在那里摇动。

"那一颗摇摇不定的明星的底下，就是我的故国，也就是我的生地。我在那一颗星的底下，也曾送过十八个秋冬。我的乡土吓，我如今再不能见你的面了。"

他一边走着，一边尽在那里自伤自悼地想这些伤心的哀话。走了一会，再向那西方的明星看了一眼，他的眼泪便同骤雨似的落下来。他觉得四边的景物，都模糊起来。把眼泪揩了一下，立住了脚，长叹了一声，他便断断续续地说：

"祖国呀祖国！我的死是你害我的！

"你快富起来，强起来罢！

"你还有许多儿女在那里受苦呢！"

一九二一年五月九日改作

采石矶

> 文章憎命达，魑魅喜人过。
>
> ——杜甫

一

　　自小就神经过敏的黄仲则，到了二十三岁的现在，也改不过他的孤傲多疑的性质来。他本来是一个负气殉情的人，每逢兴致激发的时候，不论讲得讲不得的话，都涨红了脸，放大了喉咙，抑留不住地直讲出来。听话的人，若对他的话有些反抗，或是在笑容上，或是在眼光上，表示一些不赞成他的意思的时候，他便要拼命地辩驳，讲到后来他那双黑晶晶的眼睛老会张得很大，好像会有火星飞出来的样子。这时候若有人出来说几句迎合他的话，那他必喜欢得要奋身高跳。他那双黑而且大的眼睛里也必有两泓清水涌漾出来，再进一步，他的清瘦的颊上就会有感激的眼泪流下来了。

　　像这样的发泄一回之后，他总有三四天守着沉默，无论何人对他说话，他总是噤口不作回答的。在这沉默期间内，他也有一个人关上了房门，在那学使衙门东北边的寿春园西室里兀坐的时候；也有青了脸，一个人上清源门外的深云馆怀古台去独步的时候；也有跑到南门外姑熟溪边上的一家小酒馆去痛饮的时候。不过在这期间内他对人虽不说话，对自家却总一个人老在幽幽地好像讲论什么似的。他一个人，在这中间，无论上什么地方去，有时或轻轻地吟诵着诗或文句，有时或对自家嘻笑嘻笑，有时或望着了天空而作叹惜，竟似忙得不得开交的样子。但是一见着人，他那双呆呆的大眼，举起来看你一眼，他脸上的表情就会变得同毫无感觉的木偶一样，人在这时候遇着他，总没有一个不被他骇退的。

学使朱筠河，虽则非常爱惜他，但因为事务烦忙的缘故，所以当他沉默幽郁的时候，也不能来为他解闷。当这时候，学使左右上下四五十人中间，敢接近他，进到他房里去与他谈几句话的，只有一个他的同乡洪稚存。与他自小同学，又是同乡的洪稚存，很了解他的性格。见他与人论辩，愤激得不堪的时候，每肯出来为他说几句话，所以他对稚存比自家的弟兄还要敬爱。稚存知道他的脾气，当他沉默起头的一两天，故意地不去近他的身。有时偶然同他在出入的要路上遇着的时候，稚存也只装成一副幽郁的样子，不过默默地对他点一点头就过去了。待他沉默过了一两天，暗地里看他好像有几首诗做好，或者看他好像已经在市上酒肆里醉过了一次，或在城外孤冷的山林间痛哭了一场之后，稚存或在半夜或在清晨，方敢慢慢地走到他的房里去，与他争诵些《离骚》或批评韩昌黎李太白的杂诗，他的沉默之戒也就能因此而破了。

举使衙门里的同事们，背后虽在叫他作黄疯子，但当他的面，却个个怕他得很。一则因为他是学使朱公最钟爱的上客，二则也因为他习气太深，批评人家的文字，不顾人下得起下不起，只晓得顺了自家的性格，直言乱骂的缘故。

他跟提督学政朱笥河公到太平，也有大半年了，但是除了洪稚存朱公二人而外，竟没有一个第三个人能同他讲得上半个钟头的话。凡与他见过一面的人，能了解他的，只说他恃才傲物，不可订交；不能了解他的，简直说他一点儿学问也没有，只仗着了朱公的威势爱发脾气。他的声誉和朋友一年一年地少了下去，他的自小就有的忧郁症反一年一年地深起来了。

二

乾隆三十六年的秋也深了。长江南岸的太平府城里，已吹到了凉冷的北风，学使衙门西面园里的杨柳梧桐榆树等杂树，都带起鹅黄的淡色来。园角上荒草丛中，在秋月皎洁的晚上，凄凄唧唧的候虫的鸣声，也觉得渐渐地幽下去了。

昨天晚上，因为月亮好得很，仲则竟犯了风露，在园里看了一晚的月亮。在疏疏密密的树影下走来走去地走着，看看地上同严霜似的月光，他忽然感触旧情，想到了他少年时候的一次悲惨的爱情上去。

"唉唉！但愿你能享受你家庭内的和乐！"

这样地叹了一声，远远地向东天一望，他的眼睛，忽然现出了一个十六岁的伶俐的少女来。那时候仲则正在宜兴氿里读书，他同学的陈某龚某都比他有钱，但那少女的一双水盈盈的眼光，却只注视在瘦弱的他的身上。他过年的时候因为要回常州，将别的那一天，又到她家里去看她，不晓是什么缘故，这一天她只是对他暗泣而不多说话。同她痴坐了半个钟头，他已经走到门外了，她又叫他回去，把一条当时流行的淡黄绸的汗巾送给了他。这一回当临去的时候，却是他要哭了，两人又拥抱着痛哭了一场，把他的眼泪，都揩擦在那条汗巾的上面。一直到航船要开的将晚时候，他才把那条汗巾收藏起来，同她别去。这一回别后，他和她就再没有谈话的机会了。他第二回重到宜兴的时候，他的少年的悲哀，只成了几首律诗，流露在抄书的纸上：

  大道青楼望不遮，年时系马醉流霞；风前带是同心结，杯底人如解语花。下杜城边南北路，上阑门外去来车。匆匆觉得扬州梦，检点闲愁在鬓华。

  唤起窗前尚宿醒，啼鹃催去又声声。丹青旧誓相如札，禅榻经时杜牧情。别后相思空一水，重来回首已三生；云阶月地依然在，细逐空香百遍行。

  遮莫临行念我频，竹枝留浣泪痕新。多缘刺史无坚约，岂视萧郎作路人。望里彩云疑冉冉，愁边春水故粼粼。珊瑚百尺珠千斛，难换罗敷未嫁身。

  从此音尘各悄然，春山如黛草如烟。泪添吴苑三更雨，恨惹邮亭一夜眠。讵有青鸟缄别句，聊将锦瑟记流年。他时脱便微之过，百转千回只自怜。

后三年，他在扬州城里看城隍会，看见一个少妇，同一年约三十左右，状似富商的男人在街上缓步。她的容貌绝似那宜兴的少女，他晚上回到了江边的客寓里，又做成了四首感旧的杂诗。

风亭月榭记绸缪，梦里听歌醉里愁。牵袂几曾终絮语，掩关从此入离忧。明灯锦幄珊珊骨，细马春山蔫蔫眸。最忆顿行尚回首，此心如水只东流。

而今潘鬓渐成丝，记否羊车并载时；挟弹何心惊共命，抚柯底苦破交枝。如馨风柳伤思曼，别样烟花恼牧之。莫把鹍弦弹昔昔，经秋憔悴为相思。

柘舞平康旧擅名，独将青眼到书生，轻移锦被添晨卧，细酌金卮遣旅情。此日双鱼寄公子，当时一曲怨东平。越王祠外花初放，更共何人缓缓行。

非关惜别为怜才，几度红笺手自裁。湖海有心随颖士，风情近日逼方回。多时掩幔留香住，依旧窥人有燕来。自古同心终不解，罗浮冢树至今哀。

想想现在的心境，与当时一比，觉得七年前的他，正同阳春暖日下的香草一样，轰轰烈烈，刚在发育。因为当时他新中秀才，眼前尚有无穷的希望，在那里等他。

"到如今还是依人碌碌！"

一想到现在的这身世，他就不知不觉地悲伤起来了。这时候忽有一阵凉冷的西风，吹到了园里。月光里的树影索索落落地颤动了一下，他也打了一个冷痉，不晓得是什么缘故，觉得毛细管都竦竖了起来。

似此星辰非昨夜，为谁风露立中宵？

于是他就稍微放大了声音把这两句诗吟了一遍,又走来走去地走了几步,一则原想借此以壮壮自家的胆,二则他也想把今夜所得的这两句诗,凑成一首全诗。但是他的心思,乱得同水淹的蚁巢一样,想来想去怎么也凑不成上下的句子。园外的围墙巷里,打更的声音和灯笼的影子过去之后,月光更洁练得怕人了。好像是秋霜已经下来的样子,他只觉得身上一阵一阵地寒冷了起来。想想穷冬又快到了,他筐里只有几件大布的棉衣,过冬若要去买一件狐皮的袍料,非要有四十两银子不可,并且家里他也许久不寄钱去了,依理而论,正也该寄几十两银子回去,为老母辈添置几件衣服,但是照目前的状态看来,叫他能到何处去弄得这许多银子?他一想到此,心里又添了一层烦闷。呆呆地对西斜的月亮看了一忽,他却顺口念出了几句诗来:

茫茫来日愁如海,寄语羲和快着鞭。

回环念了两遍之后,背后的园门里忽而走了一个人出来,轻轻地叫着说:

"好诗好诗,仲则!你到这时候还没有睡么?"

仲则倒骇了一跳,回转头来就问他说:

"稚存!你也还没有睡么?一直到现在在那里干什么?"

"竹君要我为他起两封信稿,我现在刚搁下笔哩!"

"我还有两句好诗,也念给你听罢,似此星辰非昨夜,为谁风露立中宵?"

"诗是好诗,可惜太衰飒了。"

"我想把它们凑成两首律诗来,但是怎么也做不成功。"

"还是不做成的好。"

"何以呢?"

"做成之后,岂不是就没有兴致了么?"

"这话倒也不错,我就不做了罢。"

"仲则,明天有一位大考据家来了,你知道么?"

"谁呀?"

"戴东原。"

"我只闻诸葛的大名,却没有见过这一位小孔子,你听谁说他要来呀?"

"是北京纪老太史给竹君的信里说出的,竹君正预备着迎接他呢。"

"周秦以上并没有考据学,学术反而昌明,近来大名鼎鼎的考据学家很多,伪书却日见风行,我看那些考据学家都是盗名欺世的。他们今日讲诗学,明日弄训诂,再过几天,又要来谈治国平天下,九九归原,他们的目的,总不外乎一个翰林学士的衔头,我劝他们还是去参注《酷吏传》的好,将来束带立于朝,由礼部而吏部,或领理藩院,或拜内阁大学士的时候,倒好照样去做。"

"你又要发痴了,你不怕旁人说你在妒忌人家的大名的么?"

"即使我在妒忌人家的大名,我的心地,却比他们的大言欺世,排斥异己,光明得多哩!我究竟不在陷害人家,不在卑污苟贱的迎合世人。"

"仲则!你在哭么?"

"我在发气。"

"气什么?"

"气那些挂羊头卖狗肉的未来的酷吏!"

"戴东原与你有什么仇?"

"戴东原与我虽然没有什么仇,但我是疾恶如仇的。"

"你病刚好,又愤激得这个样子,今晚上可是我害了你了,仲则,我们为了这些无聊的人呕气也犯不着,我房里还有一瓶绍兴酒在,去喝酒去罢。"

他与洪稚存两人,昨晚喝酒喝到鸡叫才睡,所以今朝早晨太阳射照在他窗外的花坛上的时候,他还未曾起来。

门外又是一天清冷的好天气。绀碧的天空,高得渺渺茫茫。窗前飞过的鸟雀的影子,也带有些悲凉的秋意。仲则窗外的几株梧桐树叶,在这浩浩的白日里,虽然无风,也萧索地自在凋落。

一直等太阳射照到他的朝西南的窗下的时候,仲则才醒,从被里伸出了一只手,撩开帐子,向窗上一望,他觉得晴光射目,竟感觉得有些眩晕。仍复放下了帐子,闭了眼睛,在被里睡了一忽,他的昨天晚上的亢奋状态已经过去了,只有秋虫的鸣声,梧桐的疏影和云月的光辉,成了昨夜的记忆,还印在他的今天早晨的脑里。又开了眼睛呆呆地对帐顶看了一回,他就把昨夜追忆少年时候的情绪想了出来。想到这里,他的创作欲已经抬头起来了。从被里坐起,把衣服一披,他拖了鞋就走上书桌边上去。随便拿起了一张桌上的破纸和一枝墨笔,他就叉手写出了一首诗来:

络纬啼歇疏梧烟，露华一白凉无边，纤云微落月沉海，列宿乱摇风满天。谁人一声歌《子夜》，寻声宛转空台榭，声长声短鸡续鸣，曙色冷光相激射。

三

仲则写完了最后的一句，把笔搁下，自己就摇头反覆地吟诵了好几遍。呆着向窗外的晴光一望，他又拿起笔来伏下身去，在诗的前面填了"秋夜"两字，作了诗题。他一边在用仆役拿来的面水洗面，一边眼睛还不能离开刚才写好的诗句，微微地仍在吟着。

他洗完了面，饭也不吃，便一个人走出了学使衙门，慢慢地只向南面的龙津门走去。十月中旬的和煦的阳光，不暖不热地洒满在冷清的太平府城的街上。仲则在蓝苍的高天底下，出了龙津门，渡过姑熟溪，尽沿了细草黄沙的乡间的大道，在向着东南前进。道旁有几处小小的杂树林，也已现出了凋落的衰容，枝头未坠的病叶，都带了黄苍的浊色，尽在秋风里微颤。树梢上有几只乌鸦，好像在那里赞美天晴的样子，呀呀地叫了几声。仲则抬起头来一看，见那几只乌鸦，以树林作了中心，却在晴空里飞舞打圈。树下一块草地，颜色也有些微黄了。草地的周围，有许多纵横洁净的白田，因为稻已割尽，只留了点点的稻草根株，静静地在享受阳光。仲则向四面一看，就不知不觉地从官道上，走入了一条衰草丛生的田塍小路里去。走过了一块干净的白田，到了那树林的草地上，他就在树下坐下了。静静地听了一忽鸦噪的声音，他举头却见了前面的一带秋山，划在晴朗的天空中间。

　　相看两不厌，只有敬亭山。

　　这样地念了一句，他忽然动了登高望远的心思。立起了身，他就又回到官道上来了。走了半个钟头的样子，他过了一条小桥，在桥头树林里忽然发见了几家泥墙的矮草舍。草舍前空地上一只在太阳里躺着的白花犬，听见了仲则的脚步声，呜呜地叫了起来。半掩的一家草舍门口，有一个五六岁的小孩跑出来窥看他了。仲则因为将近山麓了，想问一声上谢公山是如何走法的，所以就对那跑出来的小孩问了一声。那小孩把小指头含在嘴里，好像怕羞似的一语也不答又跑了进去。白花犬因为仲则站住不走了，所以叫得更加厉害，过了一会，草舍门里又走出了一个头上包青布的老农妇来。仲则作了笑容恭恭敬敬地问她说：

　　"老婆婆，你可知道前面的是谢公山不是？"

　　老妇摇摇头说：

　　"前面的是龙山。"

　　"那么谢公山在那里呢？"

　　"不知道，龙山左面的是青山，还有三里多路啦。"

　　"是青山么？那山上有坟墓没有？"

　　"坟墓怎么会没有！"

　　"是的，我问错了，我要问的，是李太白的坟。"

　　"噢噢，李太白的坟么？就在青山的半脚。"

　　仲则听了这话，喜欢得很，便告了谢，放轻脚步，从一条狭小的歧路折向东南的谢公山去。谢公山原来就是青山，乡下老妇只晓得李太白的坟，却不晓得青山一名谢公山，仲则一想，心里觉得感激得很，恨不得想拜她一下。他的很易激动的感情，几乎又要使他下泪了。他渐渐地前进，路也渐渐窄了起来，路两旁的杂树矮林，也一处一处地多起来了。又走了半个钟头的样子，他走到青山脚下了。在杂草簇生的山坡斜路上，他遇见了两个砍柴的小孩，唱着山歌，挑了两肩短小的柴担，斗头在走下山来。他立住了脚，又恭恭敬敬地问说：

"小兄弟，你们可知道李太白的坟是在哪里的？"

两小孩好像没有听见他的话，尽管在向前的冲来。仲则让在路旁，一面又放声发问了一次。他们因为尽在唱歌，没有注意到仲则，所以仲则第一次问的时候，他们简直不知道路上有一个人在和他们斗头地走来，及走到了仲则的身边，看他好像在发问的样子，他们才歇了歌唱，忽而向仲则惊视了一眼。听了仲则的问话，前面的小孩把手向仲则的背后一指，好像求同意似的，回头来向后面的小孩看着说：

"李太白？是那一个坟罢？"

后面的小孩也争着以手指点说：

"是的，是那一个有一块白石头的坟。"

仲则回转了头，向他们指着的方向一看，看见几十步路外有一堆矮林，矮林边上果然有一穴，前面有一块白石的低坟躺在那里。

"啊，这就是么？"

他的这叹声里，也有惊喜的意思，也有失望的意思，可以听得出来。他走到了坟前，只看见了一个杂草生满的荒冢。并且背后的那两小孩的歌声，也已渐渐地幽了下去，忽然听不见了，山间的沉默，马上就扩大了开来，包压在他的左右上下。他为这沉默一压，看看这一堆荒冢，又想到了这荒冢底下葬着的是一个他所心爱的薄命诗人，心里的一种悲感，竟同江潮似的涌了起来。

"啊啊，李太白，李太白！"

不知不觉地叫了一声，他的眼泪也同他的声音同时滚下来了。微风吹动了墓草，他的模糊的泪眼，好像看见李太白的坟墓在活起来的样子。他向坟的周围走了一圈，又回到墓门前来跪下了。

他默默地在墓前草上跪坐了好久。看看四围的山间透明的空气，想想诗人的寂寞的生涯，又回想到自家的现在被人家虐待的境遇，眼泪只是陆陆续续地流淌下来。看看太阳已经低了下去，坟前的草影长起来了，他方把今天睡到了日中才起来，洗面之后跑出衙门，一直还没有吃过食物的事情想了出来，这时候却一忽儿的觉得饥饿起来了。

四

他挨了饿，慢慢地朝着了斜阳走回来的时候，短促的秋日已经变成了苍茫的白夜。他一面赏玩着日暮的秋郊野景，一面一句一句地尽在那里想诗。敲开了城门，在灯火零星的街上，走回学使衙门去的时候，他的吊李太白的诗也想完成了。

束发读君诗，今来展君墓。清风江上洒然来，我欲因之寄微慕。呜呼，有才如君不免死，我固知君死非死，长星落地三千年，此是昆明劫灰耳。高冠岌岌佩陆离，纵横学剑胸中奇，陶镕屈宋入大雅，挥洒日月成瑰词。当时有君无著处，即今遗躅犹相思。醒时兀兀醉千首，应是鸿濛借君手，乾坤无事入怀抱，只有求仙与饮酒。一生低首唯宣城，墓门正对青山青。风流辉映今犹昔，更有灞桥驴背客（贾岛墓亦在侧），此间地下真可观，怪底江山总生色。江山终古月明里，醉魄沉沉呼不起，锦袍画舫寂无人，隐隐歌声绕江水，残膏胜粉洒六合，犹作人间万斛子。与君同时杜拾遗，窆石却在潇湘湄，我昔南行曾访之，衡云惨惨通九疑，即论身后归骨地，俨与诗境同分驰。终嫌此老太愤激，我所师者非公谁？人生百年要行乐，一日千杯苦不足，笑看樵牧语斜阳，死当埋我兹山麓。

仲则走到学使衙门里，只见正厅上灯烛辉煌，好像是在那里张宴。他因为人已疲倦极了，所以便悄悄地回到了他住的寿春园的西室。命仆役搬了菜饭来，在灯下吃了一碗，洗完手面之后，他就想上床去睡。这时候稚存却青了脸，张了鼻孔，作了悲寂的形容，走进他的房来了。

"仲则，你今天上什么地方去了？"

"我倦极了，我上李太白的坟前去了一次。"

"是谢公山么？"

"是的，你的样子何以这样的枯寂，没有一点儿生气？"

"唉，仲则，我们没有一点小名气的人，简直还是不出外面来的好。啊啊，文人的卑污呀！"

"是怎么一回事？"

"昨晚上我不是对你说过了么？那大考据家的事情。"

"哦，原来是戴东原到了。"

"仲则，我真佩服你昨晚上的议论。戴大家这一回出京来，拿了许多名人的荐状，本来是想到各处来弄几个钱的。今晚上竹君办酒替他接风，他在席上听了竹君夸奖你我的话，就冷笑了一脸说'华而不实'。仲则，叫我如何忍受下去呢！这样卑鄙的文人，这样的只知排斥异己的文人，我真想和他拼一条命。"

"竹君对他这话，也不说什么么？"

"竹君自家也在著'十三经文字同异'，当然是与他志同道合的了。并且在盛名的前头，哪一个能不为所屈。啊啊，我恨不能变一个秦始皇，把这些卑鄙的伪儒，杀个干净！"

"伪儒另外还讲些什么？"

"他说你的诗他也见过，太少忠厚之气，并且典故用错的也着实不少。"

"混蛋，这样的胡说乱道，天下难道还有真是非么？他住在什么地方？去去，我也去问他个明白。"

"仲则，且忍耐着罢，现在我们是闹他不赢的。如今世上盲人多，明眼人少，他们只有耳朵，没有眼睛，看不出究竟谁清谁浊，只信名气大的人，是好的，不错的。我们且待百年后的人来判断罢！"

"但我终觉得忍耐不住,稚存,稚存。"
"…………"
"稚存,我,我……我想……想回家去了。"
"…………"
"稚存,稚存,你……你……你怎么样?"
"仲则,你有钱在身边么?"
"没有了。"
"我也没有了。没有川资,怎么回去呢?"

五

仲则的性格,本来是非常激烈的,对于戴东原的这辱骂自然是忍受不过去的,昨晚上和稚存两人默默地在房间里走来走去走了半夜,打算回常州去,又因为没有路费,不能回去。当半夜过了,学使衙门里的人都睡着之后,仲则和稚存还是默默地背着了手在房里走来走去地走。稚存看看灯下的仲则的清瘦的影子,想叫他睡了,但是看看他的水汪汪的注视着地板的那双眼睛,和他的全身在微颤着的愤激的身体,却终说不出话来,所以稚存举起头来对仲则偷看了好几眼,依旧把头低下去了。到了天将亮的时候,他们两人的愤激已消散了好多,稚存就对仲则说:

"仲则,我们的真价,百年后总有知者,还是保重身体要紧。戴东原不是史官,他能改变百年后的历史么?一时的胜利者未必是万世的胜利者,我们还该自重些。"

仲则听了这话，就举起他的一双水汪汪的眼睛，对稚存看了一眼。呆了一忽，他才对稚存说：

"稚存，我头痛得很。"

这样地讲了一句，仍复默默地俯了首，走来走去走了一会，他又对稚存说：

"稚存，我怕要病了。我今天走了一天，身体已经疲倦极了，回来又被那伪儒这样的辱骂一场，稚存，我若是死了，要你为我复仇的呀！"

"你又要说这些话了，我们以后还是务其大者远者，不要在那些小节上消磨我们的志气罢！我现在觉得戴东原那样的人，并不在我的眼中了。你且安睡罢。"

"你也去睡罢，时候已经不早了。"

稚存去后，仲则一个人还在房里俯了首走来走去地走了好久，后来他觉得实在是头痛不过了，才上床去睡。他从睡梦中哭醒来了好几次。到第二天中午，稚存进他房去看他的时候，他身上发热，两颊绯红，尽在那里讲谵语。稚存到他床边伸手到他头上去一摸，他忽然坐了起来问稚存说：

"京师诸名太史说我的诗怎么样？"

稚存含了眼泪勉强笑着说，

"他们都在称赞你，说你的才在渔洋之上。"

"在渔洋之上？呵呵，呵呵。"

稚存看了他这病状，就止不住地流下眼泪来。本想去通知学使朱笥河，但因为怕与戴东原遇见，所以只好不去。稚存用了湿毛巾把他头脑凉了一凉，他才睡了一忽。不上三十分钟，他又坐起来问稚存说：

"竹君，……竹君怎么不来？竹君怎么这几天没有到我房里来过？难道他果真信了他的话了么？我要回去了，我要回去了，谁愿意住在这里！"

稚存听了这话，也觉得这几天竹君对他们确有些疏远的样子，他心里虽则也感到了非常的悲愤，但对仲则却只能装着笑容说：

"竹君刚才来过，他见你睡着在这里，教我不要惊醒你来，就悄悄地出去了。"

"竹君来过了么？你怎么不讲？你怎么不教他把那大盗赶出去？"

稚存骗仲则睡着之后，自己也哭了一个爽快。夜阴侵入到仲则的房里来的时候，稚存也在仲则的床沿上睡着了。

六

岁月迁移了。乾隆三十七年的新春带了许多风霜雨雪到太平府城里来，一直到了正月尽头，天气方才晴朗。卧在学使衙门东北边寿春园西室的病夫黄仲则，也同阴暗的天气一样，到了正月尽头却一天一天地强健了起来。本来是清瘦的他，遭了这一场伤寒重症，更清瘦得可怜。但稚存与他的友情，经了这一番患难，倒变得是一天浓厚似一天了。他们二人各对各的天分，也更互相尊敬了起来，每天晚上，各讲自家的抱负。总要让到三更过后才肯入睡，两个灵魂，在这前后，差不多要化作成一个的样子。

二月以后，天气忽而变暖了。仲则的病体也眼见得强壮了起来。到二月半，仲则已能起来往浮邱山下的广福寺去烧香去了。

他的孤傲多疑的性质，经了这一番大病，并没有什么改变。他总觉得自从去年戴东原来了一次之后，朱竹君对他的态度，不如从前的诚恳了。有一天日长的午后，他一个人在房里翻开旧作的诗稿来看，却又看见去年初见朱竹君学使时候一首《上朱笥河先生》的柏梁古体诗。他想想当时一见如旧的知遇，与现在的无聊的状态一比，觉得人生事事，都无长局。拿起笔来他就又添写了四首律诗到诗稿上去。

  抑情无计总飞扬，忽忽行迷坐若忘。遁拟凿坏因骨傲，吟还带索为愁长。听猿讵止三声泪，绕指真成百炼钢。自傲一呕休示客，恐将冰炭置人肠。

  岁岁吹箫江上城，西园桃梗托浮生。马因识路真疲路，蝉到吞声尚有声。长铗依人游未已，短衣射虎气难平。剧怜对酒听歌夜，绝似中年以后情。

  鸢肩火色负轮囷，臣壮何曾不若人。文倘有光真怪石，足如可析是劳薪。但工饮啖犹能活，尚有琴书且未贫。芳草满江容我采，此生端合付灵均。

  似绮年华指一弹，世途惟觉醉乡宽。三生难化心成石，九死空尝胆作丸。出郭病躯愁直视，登高短发愧旁观。升沉不用君平卜，已办秋江一钓竿。

七

　　天上没有半点浮云，浓蓝的天色受了阳光的蒸染，蒙上了一层淡紫的晴霞，千里的长江，映着几点青螺，同逐梦似的流奔东去。长江腰际，青螺中一个最大的采石山前，太白楼开了八面高窗，倒影在江心牛渚中间；山水，楼阁，和楼阁中的人物，都是似醉似痴地在那里点缀阳春的烟景；这是三月上巳的午后，正是安徽提督学政朱笥河公在太白楼大会宾客的一天。翠螺山的峰前峰后，都来往着与会的高宾，或站在三台阁上，在数水平线上的来帆，或散在牛渚矶头，在寻前朝历史上的遗迹。从太平府到采石山，有二十里的官路。澄江门外的沙郊，平时不见有人行的野道上，今天热闹得差不多路空不过五步的样子。八府的书生，正来当涂应试，听得学使朱公的雅兴，都想来看看朱公药笼里的人才。所以江山好处，蛾眉燃犀诸亭都为游人占领去了。

　　黄仲则当这青黄互竞的时候，也不改他常时的态度。本来是纤长清瘦的他，又加以久病之馀，穿了一件白夹春衫，立在人丛中间，好像是怕被风吹去的样子。清癯的颊上，两点红晕，大约是薄醉的风情。在他右边的一个肥矮的少年，同他在那里看对岸的青山的，是他的同乡同学的洪稚存。他们两人在采石山上下走了一转回到太白楼的时候，柔和肥胖的朱笥河笑问他们说：

　　"你们的诗做好了没有？"

洪稚存含着了微笑摇头说：

"我是闭门觅句的陈无已。"

万事不肯让人的黄仲则，就抢着笑说：

"我却做好了。"

朱筜河看了他这一种少年好胜的形状，就笑着说：

"你若是做了这样快，我就替你磨墨，你写出来罢。"

黄仲则本来是和朱筜河说说笑话的，但等得朱筜河把墨磨好，横轴摊开来的时候，他也不得不写了。他拿起笔来，往墨池里扫了几扫，就模模糊糊地写了下去：

  红霞一片海上来，照我楼上华筵开，倾觞绿酒忽复尽，楼中谪仙安在哉！谪仙之楼楼百尺，筜河夫子文章伯，风流仿佛楼中人，千一百年来此客。是日江上彤云开，天门淡扫双蛾眉，江从慈母矶边转，潮到燃犀亭下回，青山对面客起舞，彼此青莲一抔土。若论七尺归蓬蒿，此楼作客山是主。若论醉月来江滨，此楼作主山作宾。长星动摇若无色，未必常作人间魂，身后苍凉尽如此，俯仰悲歌亦徒尔！杯底空馀今古愁，眼前忽尽东南美。高会题诗最上头，姓名未死重山邱，请将诗卷掷江水，定不与江东向流。

不多几日，这一首太白楼会宴的名诗，就喧传在长江两岸的士女的口上了。

一九一三年十一月二十日午前

春风沉醉的晚上

一

在沪上闲居了半年,因为失业的结果,我的寓所迁移了三处。最初我住在静安寺路南的一间同鸟笼似的永也没有太阳晒着的自由的监房里。这些自由的监房的住民,除了几个同强盗小窃一样的凶恶裁缝之外,都是些可怜的无名文士,我当时所以送了那地方一个 Yellow Grub Street 的称号。在这 Grub Street 里住了一个月,房租忽涨了价,我就不得不拖了几本破书,搬上跑马厅附近一家相识的栈房里去。后来在这栈房里又受了种种逼迫,不得不搬了,我便在外白渡桥北岸的邓脱路中间,日新里对面的贫民窟里,寻了一间小小的房间,迁移了过去。

邓脱路的这几排房子,从地上量到屋顶,只有一丈几尺高。我住的楼上的那间房间,更是矮小得不堪。若站在楼板上伸一伸懒腰,两只手就要把灰黑的屋顶穿通的。从前面的巷里踱进了那房子的门,便是房主的住房。在破布、洋铁罐、玻璃瓶、旧铁器堆满的中间，侧着身子走进两步，就有一张中间有几根横档跌落的梯子靠墙摆在那里。用了这张梯子往上面的黑黝黝的一个二尺宽的洞里一接，即能走上楼去。黑沉沉的这层楼上，本来只有猫额那样大，房主人却把它隔成了两间小房，外面一间是一个N烟公司的工女住在那里，我所租的是梯子口头的那间小房，因为外间的住者要从我的房里出入，所以我的每月的房租要比外间的便宜几角小洋。

我的房主，是一个五十来岁的弯腰老人。他的脸上的青黄色里，映射着一层暗黑的油光。两只眼睛是一只大一只小，颧骨很高，额上颊上的几条皱纹里满砌着煤灰，好像每天早晨洗也洗不掉的样子。他每日于八九点钟的时候起来，咳嗽一阵，便挑了一双竹篮出去，到午后的三四点钟总仍旧是挑了一双空篮回来的，有时挑了满担回来的时候，他的竹篮里便是那些破布，破铁器、玻璃瓶之类。像这样的晚上，他必要去买些酒来喝喝，一个人坐在床沿上瞎骂出许多不可捉摸的话来。

我与间壁的同寓者的第一次相遇，是在搬来的那天午后。春天的急景已经快晚了的五点钟的时候，我点了一支蜡烛，在那里安放几本刚从栈房里搬过来的破书。先把它们叠成了两方堆，一堆小些，一堆大些；然后把两个二尺长的装书的书架覆在大一点的那堆书上。因为我的器具都卖完了，这一堆书和书架白天要当写字台，晚上可当床睡的。摆好了书架的板，我就朝着了这张由书叠成的桌子，坐在小一点的那堆书上吸烟，我的背系朝着梯子的接口的。我一边吸烟，一边在那里呆看放在桌上的蜡烛火，忽而听见梯子口上起了响动。回头一看，我只见了一个自家的扩大的投射影子,此外什么也辨不出来,但我的听觉分明告诉我说:"有人上来了。"我向暗中凝视了几秒钟,一个圆形灰白的面貌,半截纤细的女人的身体,方才映到我的眼帘上来。一见了她的容貌,我就知道她是我的间壁的同居者了。因为我来找房子的时候,那房主的老人便告诉我说,这屋里除了他一个人外,楼上只住着一个工女。我一则喜欢房价的便宜,二则喜欢这屋里没有别的女人小孩,所以立刻就租定了的。等她走上了梯子,我才站起来对她点了点头说:

"对不起,我是今朝才搬来的,以后要请你照应。"

她听了我这话,也并不回答,放了一双漆黑的大眼,对我深深地看了一眼,就走上她的门口去开了锁,进房去了。我与她不过这样地见了一面,不晓是什么原因,我只觉得她是一个可怜的女子。她的高高的鼻梁,灰白长圆的面貌,清瘦不高的身体,好像都是表明她是可怜的特征,但是当时正为了生活问题在那里操心的我,也无暇去怜惜这还未曾失业的工女,过了几分钟我又动也不动地坐在那一小堆书上看蜡烛光了。

在这贫民窟里过了一个多礼拜,她每天早晨七点钟去上工和午后六点多钟下工回来,总只见我呆呆地对着了蜡烛或油灯坐在那堆书上。大约她的好奇心被我那痴不痴呆不呆的态度挑动了罢,有一天她下了工走上楼来的时候,我依旧和第一天一样地站起来让她过去。她走到我的身边忽而停住了脚,看了我一眼,吞吞吐吐好像怕什么似的问我说:

"你天天在这里看的是什么书?"

(她操的是柔和的苏州音,听了这一种声音以后的感觉,是怎么也写不出来的,所以我只能把她的言语译成普通的白话。)

我听了她的话,反而脸上涨红了。因为我天天呆坐在那里,面前虽则有几本外国书摊着,其实我的脑筋昏乱得很,就是一行一句也看不进去。有时候我只用了想象在书的上一行与下一行中间的空白里,填些奇异的模型进去。有时候我只把书里边的插画翻开来看看,就了那些插画演绎些不近人情的幻想出来。我那时候的身体因为失眠与营养不良的结果,实际上已经成了病的状态了。况且又因为我的唯一的财产的一件绵袍子已经破得不堪,白天不能走出外面去散步和房里全没有光线进来,不论白天晚上,都要点着油灯或蜡烛的缘故,非但我的全部健康不如常人,就是我的眼睛和脚力,也局部的非常萎缩了。在这样状态下的我,听了她这一问,如何能够不红起脸来呢?所以我只是含含糊糊地回答说:

"我并不在看书,不过什么也不做呆坐在这里,样子一定不好看,所以把这几本书摊放着的。"

她听了这话,又深深地看了我一眼,作了一种不了解的形容,依旧地走到她的房里去了。

那几天里,若说我完全什么事情也不去找,什么事情也不会干,却是假的。有时候,我的脑筋稍微清新一点下来,也曾译过几首英法的小诗和几篇不满四千字的德国的短篇小说,于晚上大家睡熟的时候,不声不响地出去投邮,寄投给各新开的书局。因为当时我的各方面就职的希望,早已经完全断绝了,只有这一方面,还能靠了我的枯燥的脑筋,想想法子看。万一中了他们编辑先生的意,把我译的东西登了出来,也不难得着几块钱的酬报。所以我自迁移到邓脱路以后,当她第一次同我讲话的时候,这样的译稿已经发出了三四次了。

二

在乱昏昏的上海租界里住着,四季的变迁和日子的过去是不容易觉得的。我搬到了邓脱路的贫民窟之后,只觉得身上穿在那里的那件破绵袍子一天一天地重了起来,热了起来,所以我心里想:

"大约春光也已经老透了罢!"

但是,囊中很羞涩的我,也不能上什么地方去旅行一次,日夜只是在那暗室的灯光下呆坐。有一天,大约是午后了,我也是这样地坐在那里,间壁的同住者忽而手里拿了两包用纸包好的物件走了上来,我站起来让她走的时候,她把手里的纸包放了一包在我的书桌上说:

"这一包是葡萄浆的面包,请你收藏着,明天好吃的。另外我还有一包香蕉买在这里,请你到我房里来一道吃罢!"

我替她拿住了纸包,她就开了门邀我进她的房里去。共住了这十几天,她好像已经信用我是一个忠厚的人的样子。我见她初见我的时候脸上流露出来的那一种疑惧的形容完全没有了。我进了她的房里,才知道天还未暗,因为她的房里有一扇朝南的窗,太阳返射的光线从这窗里投射进来,照见了小小的一间房,由二条板铺成的一张床,一张黑漆的半桌,一只板箱，和一只圆凳。床上虽则没有帐子，但堆着有二条洁净的青布被褥。半桌上有一只小洋铁箱摆在那里，大约是她的梳头器具，洋铁箱上已经有许多油污的点子了。她一边把堆在圆凳上的几件半旧的洋布棉袄，粗布裤等收在床上，一边就让我坐下。我看了她那殷勤待我的样子，心里倒不好意思起来，所以就对她说：

"我们本来住在一处，何必这样的客气。"

"我并不客气，但是你每天当我回来的时候，总站起来让我，我却觉得对不起得很。"

这样的说着，她就把一包香蕉打开来让我吃。她自家也拿了一只，在床上坐下，一边吃一边问我说：

"你何以只住在家里，不出去找点事情做做？"

"我原是这样的想，但是找来找去总找不着事情。"

"你有朋友么？"

"朋友是有的，但是到了这样的时候，他们都不和我来往了。"

"你进过学堂么？"

"我在外国的学堂里曾经念过几年书。"

"你家在什么地方？何以不回家去？"

她问到了这里，我忽而感觉到我自己的现状了。因为自去年以来，我只是一日一日地萎靡下去，差不多把"我是什么人"，"我现在所处的是怎么一种境遇"，"我的心里还是悲还是喜"这些观念都忘掉了。经她这一问，我重新把半年来困苦的情形一层一层地想了出来。所以听她的问话以后，我只是呆呆地看她，半晌说不出话来。她看了我这个样子，以为我也是一个无家可归的流浪人，脸上就立时起了一种孤寂的表情，微微地叹着说：

"唉！你也是同我一样的么？"

微微地叹了一声之后，她就不说话了。我看她的眼圈上有些潮红起来，所以就想了一个另外的问题问她说：

"你在工厂里做的是什么工作？"

"是包纸烟的。"

"一天作几个钟头工？"

"早晨七点钟起，晚上六点钟止，中上休息一个钟头，每天一共要作十个钟头的工。少作一点钟就要扣钱的。"

"扣多少钱？"

"每月九块钱，所以，是三块钱十天，三分大洋一个钟头。"

"饭钱多少？"

"四块钱一月。"

"这样算起来，每月一个钟头也不休息，除了饭钱，可省下五块钱来。够你付房钱买衣服的么？"

"哪里够呢！并且那管理人又……啊啊！……我……我所以非常恨工厂的。你吃烟的么？"

"吃的。"

"我劝你顶好还是不吃。就吃也不要去吃我们工厂的烟。我真恨死它在这里。"

我看看她那一种切齿怨恨的样子，就不愿意再说下去。把手里捏着的半个吃剩的香蕉咬了几口,向四边一看,觉得她的房里也有些灰黑了,我站起来道了谢,就走回到了我自己的房里。她大约作工倦了的缘故,每天回来大概是马上就入睡的,只有这一晚上,她在房里好像是直到半夜还没有就寝。从这一回之后,她每天回来,总和我说几句话。我从她自家的口里听得,知道她姓陈,名叫二妹,是苏州东乡人,从小系在上海乡下长大的。她父亲也是纸烟工厂的工人,但是去年秋天死了。她本来和她父亲同住在那间房里,每天同上工厂去的,现在却只剩了她一个人了。她父亲死后的一个多月,她早晨上工厂去也一路哭了去,晚上回来也一路哭了回来的。她今年十七岁,也无兄弟姐妹,也无近亲的亲戚。她父亲死后的葬殓等事,是他于未死之前把十五块钱交给楼下的老人,托这老人包办的。她说:

"楼下的老人倒是一个好人,对我从来没有起过坏心,所以我得同父亲在日一样的去作工;不过工厂的一个姓李的管理人却坏得很,知道我父亲死了,就天天的想戏弄我。"

她自家和她父亲的身世,我差不多全知道了,但她母亲是如何的一个人,死了呢还是活在那里,假使还活着,住在什么地方等等,她却从来还没有说及过。

三

天气好像变了。几日来我那独有的世界,黑暗的小房里的腐浊的空气,同蒸笼里的蒸气一样,蒸得人头昏欲晕。我每年在春夏之交要发的神经衰弱的重症，遇了这样的气候，就要使我变成半狂。所以我这几天来，到了晚上，等马路上人静之后，也常常走出去散步去。一个人在马路上从隘狭的深蓝天空里看看群星，慢慢地向前行走，一边作些漫无涯涘的空想，倒是于我的身体很有利益。当这样的无可奈何，春风沉醉的晚上，我每要在各处乱走，走到天将明的时候才回家里。我这样地走倦了回去就睡，一睡直可睡到第二天的日中，有几次竟要睡到二妹下工回来的前后方才起来。睡眠一足，我的健康状态也渐渐地回复起来了。平时只能消化半磅面包的我的胃部，自从我的深夜游行的练习开始之后，进步得几乎能容纳面包一磅了。这事在经济上虽则是一大打击，但我的脑筋，受了这些滋养，似乎比从前稍能统一。我于游行回来之后，就睡之前，却做成了几篇 Allan Poe 式的短篇小说，自家看看，也不很坏。我改了几次，抄了几次，一一投邮寄出之后，心里虽然起了些微细的希望，但是想想前几回的译稿的绝无消息，过了几天，也便把它们忘了。

邻住者的二妹，这几天来，当她早晨出去上工的时候，我总在那里酣睡，只有午后下工回来的时候，有几次有见面的机会。但是不晓是什么原因，我觉得她对我的态度，又回到从前初见面的时候的疑惧状态去了。有时候她深深地看我一眼，她的黑晶晶、水汪汪的眼睛里，似乎是满含着责备我规劝我的意思。

我搬到这贫民窟里住后，约摸已经有二十多天的样子。一天午后我正点上蜡烛，在那里看一本从旧书铺里买来的小说的时候，二妹却急急忙忙地走上楼来对我说：

"楼下有一个送信的在那里，要你拿了印子去拿信。"

她对我讲这话的时候，她的疑惧我的态度更表示得明显，她好像在那里说："呵呵，你的事件是发觉了啊！"我对她这种态度，心里非常痛恨，所以就气急了一点，回答她说：

"我有什么信？不是我的！"

她听了我这气愤愤的回答，更好像是得了胜利似的，脸上忽涌出了一种冷笑说：

"你自家去看罢！你的事情，只有你自家知道的！"

同时我听见楼底下门口果真有一个邮差似的人在催着说：

"挂号信！"

我把信取来一看，心里就突突地跳了几跳，原来我前回寄去的一篇德文短篇的译稿，已经在某杂志上发表了，信中寄来的是五圆钱的一张汇票。我囊里正是将空的时候，有了这五圆钱，非但月底要预付的来月的房金可以无忧，并且付过房金以后，还可以维持几天食料。当时这五圆钱对我的效用的广大，是谁也不能推想得出来的。

第二天午后，我上邮局去取了钱，在太阳晒着的大街上走了一会，忽而觉得身上就淋出了许多汗来。我向我前后左右的行人一看，复向我自家的身上一看，就不知不觉地把头低俯了下去。我颈上头上的汗珠，更同盛雨似的。一颗一颗地钻出来了。因为当我在深夜游行的时候，天上并没有太阳，并且料峭的春寒，于东方微白的残夜，老在静寂的街巷中留着，所以我穿的那件破绵袍子，还觉得不十分与节季违异。如今到了阳和的春日晒着的这日中,我还不能自觉,依旧穿了这件夜游的敞袍,在大街上阔步,与前后左右的和节季同时进行的我的同类一比,我哪得不自惭形秽呢?我一时竟忘了几日后不得不付的房金,忘了囊中本来将尽的些微的积聚,便慢慢地走上了闸路的估衣铺去。好久不在天日之下行走的我,看看街上来往的汽车人力车,车中坐着的华美的少年男女,和马路两边的绸缎铺金银铺窗里的丰丽的陈设,听听四面的同蜂窝似的嘈杂的人声、脚步声、车铃声,一时倒也觉得是身到了大罗天上的样子。我忘记了我自家的存在,也想和我的同胞一样地欢歌欣舞起来,我的嘴里便不知不觉地唱起几句久忘了的京调来了。这一时的涅槃幻境,当我想横越过马路,转入闸路去的时候,忽而被一阵铃声惊破了。我握起头来一看,我的面前正冲来了一乘无轨电车,车头上站着的那肥胖的机器手,伏出了半身,怒目地大声骂我说:

"猪头三!侬(你)艾(眼)睛勿散(生)咯!跌杀时,叫旺(黄)够(狗)抵侬(你)命噢!"

我呆呆地站住了脚,目送那无轨电车尾后卷起了一道灰尘,向北过去之后,不知是从何处发出来的感情,忽而竟禁不住哈哈哈哈地笑了几声。等得四面的人注视我的时候,我才红了脸慢慢地走向了闸路里去。

我在几家估衣铺里,问了些夹衫的价钱,还了他们一个我所能出的数目。几个估衣铺的店员,好像是一个师父教出的样子,都摆下了脸面,嘲弄着说:

"侬(你)寻萨咯(什么)凯(开)心!马(买)勿起好

勿要马（买）咯！"

　　一直问到五马路边上的一家小铺子里，我看看夹衫是怎么也买不成了，才买定了一件竹布单衫，马上就把它换上。手里拿了一包换下的绵袍子，默默地走回家来。一边我心里却在打算：

　　"横竖是不够用了，我索性来痛快地用它一下罢。"同时我又想起了那天二妹送我的面包香蕉等物。不等第二次的回想，我就寻着了一家卖糖食的店，进去买了一块钱巧格力、香蕉糖、鸡蛋糕等杂食。站在那店里，等店员在那里替我包好来的时候，我忽而想起我有一月多不洗澡了，今天不如顺便也去洗一个澡罢。

　　洗好了澡，拿了一包绵袍子和一包糖食，回到邓脱路的时候，马路两旁的店家，已经上电灯了。街上来往的行人也很稀少，一阵从黄浦江上吹来的日暮的凉风，吹得我打了几个冷痉。我回到了我的房里，把蜡烛点上，向二妹的房门一照，知道她还没有回来。那时候我腹中虽则饥饿得很，但我刚买来的那包糖食怎么也不愿意打开来，因为我想等二妹回来同她一道吃。我一边拿出书来看，一边口里尽在咽唾液下去。等了许多时候，二妹终不回来，我的疲倦不知什么时候出来战胜了我，就靠在书堆上睡着了。

四

　　二妹回来的响动把我惊醒的时候，我见我面前的一支十二

盎司一包的洋蜡烛已经点去了二寸的样子,我问她是什么时候了?她说:

"十点的汽管刚刚放过。"

"你何以今天回来得这样迟?"

"厂里因为销路大了,要我们作夜工。工钱是增加的,不过人太累了。"

"那你可以不去做的。"

"但是工人不够,不做是不行的。"

她讲到这里,忽而滚了两粒眼泪出来,我以为她是作工作得倦了,故而动了伤感,一边心里虽在可怜她,但一边看了她这同小孩似的脾气,却也感着了些儿快乐。把糖食包打开,请她吃了几颗之后,我就劝她说:

"初作夜工的时候不惯,所以觉得困倦,作惯了以后,也没有什么的。"

她默默地坐在我的半高的由书叠成的桌上,吃了几颗巧格力,对我看了几眼,好像是有话说不出来的样子。我就催她说:

"你有什么话说?"

她又沉默了一会,便断断续续地问我说:

"我……我……早想问你了,这几天晚上,你每晚在外边,可在与坏人作伙友么?"

我听了她这话,倒吃了一惊,她好像在疑我天天晚上在外面与小窃恶棍混在一块。她看我呆了不答,便以为我的行为真的被她看破了,所以就柔柔和和地连续着说:

"你何苦要吃这样好的东西,要穿还样好的衣服?你可知道这事情是靠不住的。万一被人家捉了去,你还有什么面目做人,过去的事情不必去说它,以后我请你改过了罢。……"

我尽是张大了眼睛,张大了嘴,呆呆地在看她,因为她的思想太奇突了,使我无从辩解起。她沉默了数秒钟,又接着说:

"就以你吸的烟而论,每天若戒绝了不吸,岂不可省几个铜子。我早就劝你不要吸烟,尤其是不要吸那我所痛恨的N工厂的烟,你总是不听。"

她讲到了这里,又忽而落了几滴眼泪。我知道这是她为怨恨N工厂而滴的眼泪,但我的心里,怎么也不许我这样的想,我总要把它们当作因规劝我而洒的。我静静儿地想了一会,等她的神经镇静下去之后,就把昨天的那封挂号信的来由说给她听,又把今天的取钱买物的事情说了一遍,最后更将我的神经衰弱症和每晚何以必要出去散步的原因说了。她听了我这一番辩解,就信用了我。等我说完之后,她颊上忽而起了两点红晕,把眼睛低下去看着桌上,好像是怕羞似的说:

"噢,我错怪你了,我错怪你了。请你不要多心,我本来是没有歹意的。因为你的行为太奇怪了,所以我想到了邪路里去。你若能好好儿地用功,岂不是很好么?你刚才说的那——叫什么的——东西,能够卖五块钱,要是每天能做一个,多么好呢?"

我看了她这种单纯的态度,心里忽而起了一种不可思议的感情,我想把两只手伸出去拥抱她一回,但是我的理性却命令我说：

"你莫再作孽了！你可知道你现在处的是什么境遇！你想把这纯洁的处女毒杀了么？恶魔，恶魔，你现在是没有爱人的资格的呀！"

我当那种感情起来的时候，曾把眼睛闭上了几秒钟，等听了理性的命令以后，才把眼睛开了开来，我觉得我的周围，忽而比前几秒钟更光明了。对她微微地笑了一笑，我就催她说：

"夜也深了，你该去睡了罢！明天你还要上工去的呢？我从今天起，就答应你把纸烟戒下来罢！"

她听了我这话，就站了起来，很喜欢地回到她的房里去睡了。

她去之后，我又换上一支洋蜡烛，静静儿地想了许多事情：

"我的劳动的结果，第一次得来的这五块钱已经用去了三块了。连我原有的一块多钱合起来，付房钱之后，只能省下二三角小洋来，如何是好呢！

"就把这破绵袍子去当罢！但是当铺里恐怕不要。

"这女孩子真是可怜，但我现在的境遇，可是还赶她不上，她是不想做工而工作要强迫她做，我是想找一点工作，终于找不到。

"就去作筋肉的劳动罢！啊啊，但是我这一双弱腕，怕吃不下一部黄包车的重力。

"自杀！我有勇气，早就干了。现在还能想到这两个字，足证我的志气还没有完全消磨尽哩！

"哈哈哈哈！今天的那无轨电车的机器手！他骂我什么来？

"黄狗，黄狗倒是一个好名词！

"………"

我想了许多零乱断续的思想，终究没有一个好法子，可以救我出目下的穷状来。听见工厂的汽笛，好像在报十二点钟了，我就站了起来，换上了白天脱下的那件破绵袍子，仍复吹熄了蜡烛，走出外面去散步。

贫民窟里的人已经睡眠静了。对面日新里的一排临邓脱路的洋楼里，还有几家点着了红绿的电灯，在那里弹罢拉拉衣加。一声二声清脆的歌音，带着哀调，从静寂的深夜的冷空气里传到我的耳膜上来，这大约是俄国的飘泊的少女，在那里卖钱的歌唱。天上罩满了灰白的薄云，同腐烂的尸体似的沉沉地盖在那里。云层破处也能看得出一点两点星来，但星的近处，黝黝看得出来的天色，好像有无限的哀愁蕴藏着的样子。

一九二三年七月十五日

薄奠

上

一天晴朗的春天的午后,我因为天气太好,坐在家里觉得闷不过,吃过了较迟的午饭,带了几个零用钱,就跑出外面去逛去。北京的晴空,颜色的确与南方的苍穹不同。在南方无论如何晴快的日子,天上总有一缕薄薄的纤云飞着,并且天空的蓝色,总带着一道很淡很淡的白味。北京的晴空却不是如此,天色一碧到底,你站在地上对天注视一会,身上好像能生出两翼翅膀来,就要一扬一摆地飞上空中去的样子。这可是单指不起风的时候而讲,若一起风,别人在天空下眼睛都睁不开,更说不到晴空的颜色如何了。那一天午后,空气非常澄清,天色真青得可怜。我在街上夹在那些快乐的北京人士中间,披了一身和暖的阳光,不知不觉竟走到了前门外最热闹的一条街上。踏进了一家卖灯笼的店里,买了几张奇妙的小画,重新回上大街缓步的时候,我忽而听出了一阵中国戏园特有的那种原始的锣鼓声音来。我的两只脚就受了这声音的牵引,自然而然地踏了进去。听戏听到了第三出，外面忽而起了乌乌的大风，戏园的屋顶也有些儿摇动。戏散之后，推来让去地走出戏园，扑面就来了一阵风沙。我眼睛闭了一忽，走上大街来雇车，车夫都要我七角六角大洋，不肯按照规矩折价。那时候天虽则还没有黑，但因为风沙飞满在空中，所以沉沉的大地上，已经现出了黄昏前的急景。店家的电灯，也都已上火，大街上汽车马车洋车挤塞在一处。一种车铃声叫唤声，并不知从何处来的许多杂音，尽在那里奏错乱的交响乐。大约是因为夜宴的时刻逼近，车上的男子定是去赴宴会，奇装的女子想来是去陪席的。

一则因为大风，二则因为正是一天中间北京人士最繁忙的时刻，所以我雇车竟雇不着，一直地走到了前门大街。为了上举的两种原因，洋车夫强索昂价，原是常有的事情，我因零用钱花完，袋里只有四五十枚铜子，不能应他们的要求，所以就下了决心，想一直走到西单牌楼再雇车回家。走下了正阳桥边的步道，被一辆南行的汽车喷满了一身灰土，我的决心，又动摇起来，含含糊糊地向道旁停着的一辆洋车问了一句，"嗳！四十枚拉巡捕厅儿胡同拉不拉？"那车夫竟恭恭敬敬地向我点了点头说：

"坐上罢，先生！"

坐上了车，被他向北地拉去，那么大的风沙，竟打不上我的脸来，我知道那时候起的是南风了。我不坐洋车则已，若坐洋车的时候，总爱和洋车夫谈闲话，想以我的言语来缓和他的劳动之苦；因为平时我们走路，若有一个朋友和我们闲谈着走，觉得不费力些。我从自己的这种经验着想，老是在实行浅薄的社会主义,一边高踞在车上,一边向前面和牛马一样在奔走的我的同胞攀谈些无头无尾的话。这一天,我本来不想开口的,但看看他的弯曲的背脊,听听他嘿嘿的急喘,终觉得心里难受,所以轻轻地对他说:

"我倒不忙,你慢慢地走吧,你是哪儿的车?"

"我是巡捕厅胡同西口儿的车。"

"你在哪儿住家吓?"

"就在那南顺城街的北口,巡捕厅胡同的拐角儿上。"

"老天爷不知怎么的,每天刮这么大的风。"

"是啊!我们拉车的也苦,你们坐车的老爷们也不快活,这样的大风天气,真真是招怪吓!"

这样地一路讲,一路被他拉到我寄住的寓舍门口的时候,天已经快黑了。下车之后,我数铜子给他,他却和我说起客气话来,他一边拿出了一条黑黝黝的手巾来擦头上身上的汗,一边笑着说:

"您带着吧,我们是街坊,还拿钱么?"

被他这样的一说,我倒觉得难为情了,所以虽只应该给他四十枚铜子的,而到这时候却不得不把尽我所有的四十八枚铜子都给了他。他道了谢,拉着空车在灰黑的街上向西边他的家里走去,我呆呆地目送了他一程,心里却在空想他的家庭。——他走回家去,他的女人必定远远地闻声就跑出来接他。把车斗里的铜子拿出,将车交还了车行,他回到自己屋里来打一盆水洗洗手脸,吸几口烟,就可在洋灯下和他的妻子享受很健康的夜膳。若他有兴致,大约还喝一二个铜子的白干。

喝了微醉，讲些东西南北的废话，他就可以抱了他的女人小孩，钻进被去酣睡。这种酣睡，大约是他们劳动阶级唯一的享乐。"

"啊啊！……"

空想到了此地，我的伤感病又发了。

"啊啊！可怜我两年来没有睡过一个整整的全夜！这倒还可以说是因病所致，但是我的远隔在三千里外的女人小孩，又为了什么，不能和我在一处享乐吃苦呢？难道我们是应该永远隔离的么！难道这也是病么？……总之是我不好，是我没有能力养活妻子。啊啊，你这车夫，你这向我道谢，被我怜悯的车夫，我不如你吓，我不如你！"

我在门口灰暗的空气里呆呆地立了一会，忽而想起了自家的身世，就不知不觉地心酸起来，红润的眼睛，被我所依赖的主人看见是不大好的，因此我就复从门口走了下来，远远地跟那洋车走了一段。跟它转了弯，看那车夫进了胡同拐角上的一间破旧的矮屋，我又走上平则门大街去跑了一程，等天黑了，才走回家来吃晚饭。

自从这一回后，我和他的洋车，竟有了缘分，接连地坐了它好几次。他和我也渐渐地熟起来了。

中

平则门外，有一道城河。河道虽比不上朝阳门外的运河那么宽，但春秋雨霁，绿水鳞鳞，也尽可以浮着锦帆，乘风南下。两岸的垂杨古道，倒影入河水中间，也大有板渚随堤的风味。河边隙地，长成一片绿芜，晚来时候，老有闲人在那里调鹰放马。太阳将落未落之际，站在这城河中间的渡船上，往北望去，看得出西直门的城楼，似烟似雾的，溶化成金碧的颜色，飘扬在两岸垂杨夹着的河水高头。春秋佳日，向晚的时候，你若一个人上城河边上来走走，好像是在看后期印象派的风景画，几乎能使你忘记是身在红尘十丈的北京城外。西山数不尽的诸峰，又如笑如眠，带着紫苍的暮色，静躺在绿荫起伏的春野西边；你若叫它一声，好像是这些远山，都能慢慢地走上你身边来的样子。西直门外有几处养鹅鸭的庄园，所以每天午后，城河里老有一对一对的白鹅在那里游泳。夕阳最后的残照，从杨柳荫中透出一两条光线来，射在这些浮动的白鹅背上时，愈能显得这幅风景的活泼鲜灵，别饶风致。我一个人渺焉一身，寄住在人海的皇城里，衷心郁郁，老感着无聊。无聊之极，不是从城的西北跑往城南，上戏园茶楼、娼寮酒馆，去夹在许多快乐的同类中间，忘却我自家的存在，和他们一样地学习醉生梦死；便独自一个跑出平则门外，去享受这本地的风光。玉泉山的幽静，大觉寺的深邃，并不是对我没有魔力，不过一年有三百五十九日穷的我，断没有馀钱，去领略它们的高尚的清景。五月中旬的有一天午后，我又无端感着了一种悲愤，本想上城南的快乐地方去寻些安慰的，但袋里连几个车钱也没有了，所以只好走出平则门外，去坐在杨柳阴中，尽量地呼吸呼吸西山的爽气。我守着西天的颜色，从浓蓝变成了淡紫，一忽儿，天的四围又染得深红了，远远的法国教会堂的屋顶和许多绿树梢头,刹那间返射了一阵赤赭的残光,又一忽儿空气就变得澄苍静肃,视野内招唤我注意的物体,什么也没有了。四周的物影,渐渐散乱起来,我也感着了一种日暮的悲哀,无意识地滴了几滴眼泪,就慢慢地真是非常缓慢,好像在梦里游行似的,走回家来。进平则门往南一拐,就是南顺城街,南顺城街路东的第一条胡同便是巡捕厅胡同。我走到胡同的西口,正要进胡同的时候,忽而从角上的一间破屋里漏出几声大声来。这声音我觉得熟得很,稍微用了一点心力,回想了一想,我马上就记起那个身材瘦长,脸色黝黑,常拉我上南城去的车夫来。我站住静听了一会,听得他好像在和人拌嘴。我坐过他许多次数的车,他的脾气是很好的,所以听到他在和人拌嘴,心里倒很觉得奇怪。看他的样子,好像有五十多岁的光景,但他自己说今年只有四十二岁。他平常非常沉默寡言,不过你和他说话的时候,他却总来回答你一句两句。他身材本来很高,但是不晓是因为社会的压迫呢,还是因为他天生的病症,背脊却是弯着,看去好像不十分高。他脸上浮着的一种谨慎的劳动者特有的表情,我怎么也形容不出来,他好像是在默想他的被社会虐待的存在是应该的样子,又好像在这沉默的忍苦中间,在表示他的无限的反抗,和不断的挣扎的样子。总之,他那一种沉默忍受的态度,使人家见了便能生出无限的感慨来。况且是和他社会的地位相去无几,而受的虐待又比他更甚的我,平常坐他的车,和他谈话的时候,总要感着一种抑郁不平的气,横上心来;而这种抑郁不平之气,他也无处去发泄我也无处去发泄,只好默默地闷受着,即使闷受不过,最多亦只能向天长啸一声。有一天我在前门外喝醉了酒，往一家相识的人家去和衣睡了半夜，醒来的时候，已经是下弦月上升的时刻了。我从韩家潭雇车雇到西单牌楼，在西单牌楼换车的时候，又遇见了他。半夜酒醒，从灰白死寂，除了一乘两乘汽车飞过搅起一阵灰来，此外别无动静的长街上，慢慢被拖回家来。这种悲哀的情调，已尽够我消受的了，况又遇着了他，一路上听了他许多不堪再听的话……他说这个年头儿真教人生存不得。他说洋价涨了一个两个铜子，而煤米油盐，都要各涨一倍。他说洋车出租的东家，真会挑剔，一根骨子变了一点，一个小钉不见了，就要赔许多钱。他说他一天到晚拉车，拉来的几个钱还不够供洋车租主的绞榨，皮带破了，弓子弯了的时候，更不必说了。他说他的女人不会治家，老要白花钱。他说他的大小孩今年八岁，二小孩今年三岁了。……我默默地坐在车上，看看天上惨淡的星月，经过了几条灰黑静寂的狭巷，细听着他的一条条地诉说，觉得这些苦楚，都不是他一个人的苦楚。我真想跳下车来，同他抱头痛哭一场，但是我著在身上的一件竹布长衫，和盘在脑里的一堆教育的绳矩，把我的真率的情感缚住了。自从那一晚以后，我心里就存了一种怕与他相见的思想，所以和他不见了半个多月。这一天日暮，我自平则门走回家来，听了他在和人吵闹的声音，心里竟起了一种自责的心思，好像是不应该躲避开这个可怜的朋友，至半月之久的样子。我静听了一忽，才知道他吵闹的对手，是他的女人。一时心情被他的悲惨的声音所挑动，我竟不待回思，一脚就踏进了他住的那所破屋。他的住房，只有一间小屋，小屋的一半，却被一个大炕占据了去。在外边天色虽还没有十分暗黑，但在他那矮小的屋内，却早已黑影沉沉，辨不出物体来了。他一手插在腰里，一手指着炕上缩成一堆，坐在那里的一个妇人，一声两声的在那里数骂。两个小孩爬在炕的里边。我一进去时，只见他自家一个站着的背影，他的女人和小孩都看不出来，后来招呼了他，向他手指着的地方看去，才看出了一个女人，又站了一忽，我的眼睛在黑暗里经惯了，重复看出了他的两个小孩。我进去叫了他一声，问他为什么要这样的动气，他就把手一指。指着炕沿上的那女人说：

"这臭东西把我辛辛苦苦积下来的三块多钱，一下子就化完了。去买了这些捆尸体的布来……"

说着他用脚一踢，地上果然滚了一包白色的布出来。他一边向我问了些寒暄话，一边就蹙紧了眉头说：

"我的心思，她们一点儿也不晓得，我要积这几块钱干什么？我不过想自家去买一辆旧车来拉，可以免掉那车行的租钱呀！天气热了，我们穷人，就是光着脊肋儿，也有什么要紧？她却要去买这些白洋布来做衣服。你说可气不可气啊？"

我听了这一段话，心里虽则也为他难受，但口上只好安慰他说：

"做衣服倒也是要紧的，积几个钱，是很容易的事情，你但须忍耐着，三四块钱是不难再积起来的。"

我说完了话，忽而在沉沉的静寂中，从炕沿上听出了几声暗泣的声音来。这时候我若袋里有钱，一定要全部拿出来给他，请他息怒。但是我身边一摸，却摸不着一个铜银的货币。

呆呆地站着，心里打算了一会，我觉得终究没有方法好想。正在着恼的时候，我里边小裇袋里唧唧响着的一个银表的针步声，忽而敲动了我的耳膜。我知道若在此时，当面把这银表拿出来给他，他是一定不肯受的。迟疑了一会，我想出了一个主意，乘他不注意的时候，悄悄地把表拿了出来；和他讲着些慰劝他的话，一边我走上前去了一步，顺手把表搁在一张半破的桌上。随后又和他交换了几句言语，我就走出来了。我出到了门外，走进胡同，心里感得的一种沉闷，比午后上城外去的时候更甚了。我只恨我自家太无能力，太没有勇气。我仰天看看，在深沉的天空里，只看出了几颗星来。

第二天的早晨，我刚起床，正在那里刷牙漱口的时候，听见门外有人打门。出去一看，就看见他拉着车站在门口。他问了我一声好，手向车斗里一摸，就把那个表拿出来，问我说。

"先生，这是你的吧！你昨晚上掉下的吧！"

我听了脸上红了一红。马上就说：

"这不是我的，我并没有掉表。"

他连说了几声奇怪，把那表的来历说了一阵，见我坚不肯认，就也没有方法收起了表，慢慢地拉着空车向东走了。

下

夏至以后，北京接连下了半个多月的雨。我因为一天晚上，没有盖被睡觉，惹了一场很重的病，直到了二礼拜前才得起床。起床后第三天的午后，我看看久雨新霁，天气很好，就拿了一根手杖踏出门去。因为这是病后第一次的出门，所以出了门就走往西边，依旧想到我平时所爱的平则门外的河边去闲行。走过那胡同角上的破屋的时候，我只看见门口立了一群人，在那里看热闹。屋内有人在低声啜泣。我以为那拉车的又在和他的女人吵闹了，所以也就走了过去，去看热闹，一边我心里却暗暗地想着：

"今天若他们再因金钱而争吵，我却可以解决他们的问题。"

因为那时候我家里寄出来为我作医药费的钱还没有用完，皮包里还有几张五块钱的钞票收藏着在哩。我踏近前去一看，破屋里并没有拉车的影子，只有他的女人坐在炕沿上哭，一个小一点的小孩，坐在地上他母亲的脚跟前，也在陪着她哭。看了一会，我终摸不着头脑，不晓得她为什么要哭。和我一块儿站着的人，有的唧唧地在那里叹息，有的也拿出手巾来在擦眼泪说："可怜哪，可怜哪！"我向一个立在我旁边的中年妇人问了一番，才知道她的男人，前几天在南下洼的大水里淹死了。死了之后，她还不晓得，直到第二天的傍晚，由拉车的同伴认出了他的相貌，才跑回来告诉她。她和她的两个儿子，得了此信，冒雨走上南横街南边的尸场去一看，就大哭了一阵，后来她自己也跳在附近的一个水池里自尽过一次，经她儿子的呼救，附近的居民，费了许多气力，才把她捞救上来。过了一天，由那地方的慈善家，出了钱把她的男人埋葬完毕，且给了她三十角面票，八十吊铜子，方送她回来。回来之后，她白天晚上只是哭，已经哭了好几天了。我听了这一番消息，看了这一场光景，心里只是难受。同一两个月前头，半夜从前门回来，坐在她男人的车上，听他的诉说时一样，觉得这些光景，决不是她一个人的。我忽而想起了我的可怜的女人，又想起了我的和那在地上哭的小孩一样大的儿女，也觉得眼睛里热起来痒起来了。我心里正在难受，忽而从人丛里挤来了一个八九岁的小孩赤足袒胸地跑了进来。他小手里拿了几个铜子蹑手蹑脚地对她说：

"妈，你瞧，这是人家给我的。"

看热闹的人，看了他那小脸上的严肃的表情，和他那小手的滑稽的样子，有几个笑着走了，只有两个以手巾擦着眼泪的老妇人，还站在那里。我看看周围的人数少了，就也踏了进去问她说：

"你还认得我么？"

她举起肿红的眼睛来，对我看了一眼，点了一点头，仍复伏倒头去在哀哀地哭着。我想叫她不哭，但是看看她的情形，觉得是不可能的，所以只好默默地站着，眼睛看见她的瘦削的双肩一起一缩地在抽动。我这样地静立了三五分钟，门外又忽而挤了许多人拢来看我。我觉得被他们看得不耐烦了，就走出了一步对他们说：

"你们看什么热闹？人家死了人在这里哭，你们有什么好看？"

那八岁的孩子，看我心里发了恼，就走上门口，把一扇破门关上了。喀丹一响，屋里忽而暗了起来，他的哭着的母亲，好像也为这变化所惊动，一时止住哭声，擎起眼来看她的孩子和离门不远呆立着的我。我乘此机会，就劝她说：

"看护孩子要紧，你老是哭也不是道理，我若可以帮你的忙，我总没有不为你出力的。"

她听了这话，一边啜泣，一边断断续续地说：

"我……我……别的都不怪，我……只……只怪他何以死的那么快。也……也不知他……他是自家沉河的呢？还是……"

她说了这一句又哭起来了，我没有方法，就从袋里拿出了皮包，取了一张五块钱的钞票递给她说：

"这虽然不多，你拿着用吧！"

她听了这话，又止住了哭，啜泣着对我说；

"我……我们……是不要钱用，只……只是他……他死得……死得太可怜了……他……他活着的时候，老……老想自己买一辆车，但是……但是这心愿儿终究没有达到。……前天我，我到冥衣铺去定一辆纸糊的洋车，想烧给他，那一家掌柜的要我六块多钱，我没有定下来。你……你老爷心好，请你，请你老爷去买一辆好，好的，纸车来烧给他吧！"

说完她又哭了。我听了这一段话，心里愈觉得难受，呆呆地立了一忽，只好把刚才的那张钞票收起，一边对她说：

"你别哭了吧！他是我的朋友，那纸糊的洋车，我明天一定去买了来，和你一块去烧到他的坟前去。"

又对两个小孩说了几句话，我就打开门走了出来。我从来没有办过丧事，所以寻来寻去，总寻不出一家冥衣铺来定那纸糊的洋车。后来直到四牌楼附近，找定了一家，付了他钱，要他赶紧为我糊一辆车。

　　二天之后，那纸洋车糊好了，恰巧天气也不下雨，我早早吃了午饭，就雇了四辆洋车，同她及两个小孩一道去上她男人的坟。车过顺治门内大街的时候，因为我前面的一乘人力车上只载着一辆纸糊的很美丽的洋车和两包锭子，大街上来往的红男绿女只是凝目地在看我和我后面车上的那个眼睛哭得红肿，衣服褴褛的中年妇人。我被众人的目光鞭挞不过，心里起了一种不可抑遏的反抗和诅咒的毒念，只想放大了喉咙向着那些红男绿女和汽车中的贵人狠命地叫骂着说：

　　"猎狗！畜生！你们看什么？我的朋友，这可怜的拉车者，是为你们所逼死的呀！你们还看什么？"

一九二四年八月十四日作于北京

过　去

　　空中起了凉风，树叶煞煞的同雹片似的飞掉下来，虽然是南方的一个小港市里，然而也像能够使人感到冬晚的悲哀的一天晚上，我和她，在临海的一间高楼上吃晚饭。

　　这一天的早晨，天气很好，中午的时候，只穿得住一件夹衫。但到了午后三四点钟，忽而由北面飞来了几片灰色的层云，把太阳遮住，接着就刮起风来了。

　　这时候，我为疗养呼吸器病的缘故，只在南方的各港市里流寓。十月中旬，由北方南下，十一月初到了C省城；恰巧遇着了C省的政变，东路在打仗，省城也不稳，所以就迁到H港去住了几天。后来又因为H港的生活费太昂贵，便又坐了汽船，一直的到了这M港市。

　　说起这M港，大约是大家所知道的，是中国人应许外国人来互市的最初的地方的一个，所以这港市的建筑，还带着些当时的时代性，很有一点中古的遗意。前面左右是碧油油的海湾，港市中，也有一座小山，三面滨海的通衢里，建筑着许多颜色很沉郁的洋房。商务已经不如从前的盛了，然而富室和赌场很多，所以处处有庭园，处处有别墅。沿港的街上，有两列很大的榕树排列在那里。在榕树下的长椅上休息着的,无论中国人,外国人,都带有些舒服的态度。正因为商务不盛的原因,这些南欧的流人,寄寓在此地的,也没有那一种殖民地的商人的紧张横暴的样子。一种衰颓的美感,一种使人可以安居下去,于不知不觉的中间消沉下去的美感,在这港市的无论那一角地方都感觉得出来。我到此港不久,心里头就暗暗地决定"以后不再迁徙了,以后就在此地住下去罢。"谁知住不上几天,却又偏偏遇见了她。

实在是出乎意想以外的奇遇,一天细雨濛濛的日暮,我从西面小山上的一家小旅馆内走下山来,想到市上去吃晚饭去。经过行人很少的那条P街的时候,临街的一间小洋房的棚门口,忽而从里面慢慢地走出了一个女人来。她身上穿着灰色的雨衣,上面张着洋伞,所以她的脸我看不见。大约是在棚门内,她已经看见了我了——因为这一天我并不带伞——所以我在她前头走了几步,她忽而问我:

"前面走的是不是李先生?李白时先生!"

我一听了她叫我的声音,仿佛是很熟,但记不起是哪一个了,同触了电气似的急忙回转头来一看,只看见了衬映在黑洋伞上的一张灰白的小脸。已经是夜色朦胧的时候了,我看不清她的颜面全部的组织;不过她的两只大眼睛,却闪烁得厉害,并且不知从何处来的,和一阵冷风似的一种电力,把我的精神摇动了一下。

"你……?"我半吞半吐地问她。

"大约认不清了罢!上海民德里的那一年新年,李先生可还记得?"

"噢!唉!你是老三么?你何以会到这里来的?这真奇怪!这真奇怪极了!"

说话的中间,我不知不觉地转过身来逼进了一步,并且伸出手来把她那只带轻皮手套的左手握住了。

"你上什么地方去?何时来此地的?"她问。

"我打算到市上去吃晚饭去,来了好几天了,你呢?你上什么地方去?"

她经我一问,一时间回答不出来,只把嘴颚往前面一指,我想起了在上海的时候的她的那种怪脾气,所以就也不再追问,和她一路的向前边慢慢地走去。两人并着默走了几分钟,她才幽幽地告诉我说:

"我是上一位朋友家去打牌去的,真想不到此地会和你相见。李先生,这两三年的分离,把你的容貌变得极老了,你看我怎么样,也完全变过了吧?"

"你倒没有什么,唉,老三,我吓,我真可怜,这两三年来……"

"这两三年来的你的消息,我也知道一点。有的时候,在报纸上就看见过一二回你的行踪。不过李先生,你怎么会到此地来的呢!这真太奇怪了。"

"那么你呢?你何以会到此地来的呢?"

"前生注定是吃苦的人,譬如一条水草,浮来浮去,总生不着根。我的到此地来,说奇怪也是奇怪,说应该也是应该的。李先生,住在民德里楼上的那一位胖子,你可还记得?"

"嗯，……是那一位南洋商人不是？"

"哈，你的记性真好！"

"他现在怎么样了？"

"是他和我一道来此地呀！"

"噢！这也是奇怪。"

"还有更奇怪的事情哩！"

"什么？"

"他已经死了！"

"这……这么说起来，你现在只剩了一个人了啦？"

"可不是么！"

"唉！"

两人又默默地走了一段，走到去大市街不远的三叉路口了。她问我住在什么地方，打算明天午后来看我。我说还是我去访她，她却很急促地警告我说：

"那可不成，那可不成，你不能上我那里去。"

出了Ｐ街以后，街上的灯火已经很多，并且行人也繁杂起来了，所以两个人没有握一握手，笑一笑的机会。到了分别的时候，她只约略点了一点头，就向南面的一条长街上跑了进去。

经了这一回奇遇的挑拨，我的平稳得同山中的静水湖似的心里，又起了些波纹。回想起来，已经是三年前的旧事了，那时候她的年纪还没有二十岁，住在上海民德里我在寄寓着的对门的一间洋房里。这一间洋房里，除了她一家的三四个年轻女子以外，还有二楼上的一家华侨的家族在住。当时我也不晓得谁是房东，谁是房客，更不晓得她们几个姊妹的生计是如何维持的。只有一次，是我和她们的老二认识以后，约有两个月的时候，我在她们的厢房里打牌，忽而来了一位穿着很阔绰的中老绅士，她们为我介绍，说这一位是她们的大姐夫。老大见他来了，果然就抛弃了我们，到对面的厢房里去和他攀谈去了，于是老四就坐下来替了她的缺。听她们说，她们都是江西人，而大姐夫的故乡却是湖北。他和她们大姐的结合，是当他在九江当行长的时候。

我当时刚从乡下出来，在一家报馆里当编辑。民德里的房子，是报馆总经理友人陈君的住宅。当时因为我上海情形不熟，不能另外去租房子住，所以就寄住在陈君的家里。陈家和她们对门而居，时常往来，因此我也于无意之中，和她们中间最活泼的老二认识了。

听陈家的底下人说："她们的老大，仿佛是那一位银行经理的小。她们一家四口的生活费，和她们一位弟弟的学费，都由这位银行经理负担的。"

她们姐妹四个，都生得很美，尤其活泼可爱的，是她们的老二。大约因为生得太美的原因，自老二以下，她们姊妹三个，全已到了结婚的年龄，而仍找不到一个适当的配偶者。

我一边在回想这些过去的事情，一边已经走到了长街的中心，最热闹的那一家百货商店的门口了。在这一个黄昏细雨里，只有这一段街上的行人还没有减少。两旁店家的灯火照耀得很明亮，反照出了些离人的孤独的情怀。向东走尽了这条街，朝南一转，右手矗立着一家名叫望海的大酒楼。这一家的三四层楼上，一间一间的小室很多，开窗看去，看得见海里的帆樯，是我到M港后去得次数最多的一家酒馆。

我慢慢地走到楼上坐下，叫好了酒菜，点着烟卷，朝电灯光呆着的时候，民德里的事情又重新开展在我的眼前。

她们姐妹中间，当时我最爱的是老二。老大已经有了主顾，对她当然更不能生出什么邪念来，老三有点阴郁，不像一个年轻的少女，老四年纪和我相差太远——她当时只有十六岁——自然不能发生相互的情感，所以当时我所热心崇拜的，只有老二。

她们的脸形，都是长方，眼睛都是很大，鼻梁都是很高，皮色都是很细白，以外貌来看，本来都是一样的可爱的。可是各人的性格，却相差得很远。老大和蔼，老二活泼，老三阴郁，老四——说不出什么，因为当时我并没有对老四注过意。

老二的活泼，在她的行动，言语，嬉笑上，处处都在表现。凡当时在民德里住的年纪在二十七八上下的男子，和老二见过一面的人，总没一个不受她的播弄的。

她的身材虽则不高，然而也够得上我们一般男子的肩头，若穿着高底鞋的时候，走路简直比西洋女子要快一倍。说话不顾什么忌讳，比我们男子的同学中间的日常言语还要直率。若有可笑的事情，被她看见，或在谈话的时候，听到一句笑话，不管在她面前的是生人不是生人，她总是露出她的两列可爱的白细牙齿，弯腰捧肚，笑个不了，有时候竟会把身体侧倒，扑倚上你的身来。陈家有几次请客，我因为受她的这一种态度的压迫受不了，每有中途逃席，逃上报馆去的事情，因此我在民德里住不上半年，陈家的大小上下，却为我取了一个别号，叫我作老二的鸡娘。因为老二像一只雄鸡，有什么可笑的事情发生的时候，总要我做她的倚柱，扑上身来笑个痛快。并且平时她总拿我来开玩笑，在众人的面前，老喜欢把我的不灵敏的动作和说错的言语重述出来作哄笑的资料。不过说也奇怪，她像这样的玩弄我，轻视我，我当时不但没有恨她的心思，并且还时以为荣耀，快乐。我当一个人在默想的时候，每把这些琐事回想出来，心里倒反非常感激她，爱慕她。后来甚至于打牌的时候，她要什么牌，我就非打什么牌给她不可。万一我有违反她命令的时候，她竟毫不客气地举起她那只肥嫩的手，拍拍地打上我的脸来。而我呢，受了她的痛责之后，心里反感到一种不可名状的满足，有时候因为想受她这一种施与的原因，故意地违反她的命令，要她来打，或用了她那一只尖长的皮鞋脚来踢我的腰部。若打得不够踢得不够，我就故意地说："不痛！不够！再踢一下！再打一下！"她也就毫不客气地，再举起手或脚来踢打。我被打得两颊绯红，或腰部感到感痛的时候，才柔柔顺顺地服从她的命令，再来做她想我做的事情。像这样的时候，倒是老大或老三每在旁边喝止她，教她不要太过分了，而我这被打责的，反而要很诚恳地央告她们，不要出来干涉。

记得有一次，她要出门去和一位朋友吃午饭；我正在她们家里坐着闲谈，她要我去上她姐姐房里把一双新买的皮鞋拿来替她穿上。这一双皮鞋，似乎太小了一点，我捏了她的脚替她穿了半天，才穿上了一只。她气得急了，就举起手来向我的伏在她小腹前的脸上、头上、脖子上乱打起来。我替她穿好第二只的时候,脖子上已经有几处被她打得青肿了。到我站起来,对她微笑着,问她"穿得怎么样"的时候,她说:"右脚尖有点痛!"我就挺了身子,很正经地对她说:"踢两脚罢!踢得宽一点,或者可以好些!"

说到她那双脚,实在不由人不爱。她已经有二十多岁了,而那双肥小的脚,还同十二三岁的小女孩的脚一样。我也曾为她穿过丝袜,所以她那双肥嫩皙白,脚尖很细,后跟很厚的肉脚,时常要作我的幻想的中心。从这一双脚,我能够想出许多离奇的梦境来。譬如在吃饭的时候,我一见了粉白糯润的香稻米饭,就会联想到她那双脚上去。"万一这碗里,"我想,"万一这碗里盛着的,是她那双嫩脚,那么我这样的在这里咀吮,她必要感到一种奇怪的痒痛。假如她横躺着身体,把这一双肉脚伸出来任我咀吮的时候,从她那两条很曲的口唇线里,必要发出许多真不真假不假的喊声来。或者转起身来,也许狠命地在头上打我一下的⋯⋯"我一想到此地饭就要多吃一碗。

像这样活泼放达的老二,像这样柔顺蠢笨的我,这两人中间的关系,在半年里发生出来的这两人中间的关系,当然可以想见得到了。况我当时,还未满二十七岁,还没有娶亲,对于将来的希望,也还很有自负心哩!

当在陈家起坐室里说笑话的时候,我的那位友人的太太,也曾向我们说起过:"老二,李先生若做了你的男人,那他就天天可以替你穿鞋着袜,并且还可以做你的出气洞,白天晚上,都可以受你的踢打,岂不很好么?"老二听到这些话,总老是笑着,对我斜视一眼说:"李先生不行,太笨,他不会侍候人。我倒很愿意受人家的踢打，只教有一位能够命令我，教我心服的男子就好了。"在这样的笑谈之后，我心里总满感着忧郁，要一个人跑上马路去走半天，才能把胸中的郁闷遣散。

有一天礼拜六的晚上，我和她在大马路市政厅听音乐出来。老大老三都跟了一位她们大姐夫的朋友看电影去了。我们走到一家酒馆的门口，忽而吹来了两阵冷风，这时候正是九十月之交的秋晚的时候，我就拉住了她的手，颤抖着说："老二，我们上去吃一点热的东西再回去罢！"她也笑了一笑说："去吃点热酒罢！"我在酒楼上吃了两杯热酒之后，把平时的那一种木讷怕羞的态度除掉了，向前后左右看了一看，看见空洞的楼上，一个人也没有，就挨近了她的身边对她媚视着，一边发着颤声，一句一逗地对她说："老二！我……我的心，你可能了解？我，我，我很想……很想和你长在一块儿！"她举起眼睛来看了我一眼，又曲了嘴唇的两条线在口角上含着播弄人的微笑，回问我说："长在一块便怎么啦？"

我大了胆，便摆过嘴去和她亲了一个嘴，她竟劈面地打了我一个嘴巴。楼下的伙计，听了拍的这一声大响声，就急忙地跑了上来，问我们："还要什么酒菜？"我忍着眼泪，还是微微地笑着对伙计说："不要了，打手巾来！"等到伙计下去的时候，她仍旧是不改常态地对我说："李先生，不要这样！下回你若再干这些事情，我还要打得凶哩！"我也只好把这事当作了一场笑话，很不自然地把我的感情压住了。

凡我对她的这些感情，和这些感情所催发出来的行为动作，旁人大约是看得很清楚的。所以老三虽则是一个很沉郁，脾气很特别，平时说话老是阴阳怪气的女子，对我与老二中间的事情，有时却很出力地在为我们拉拢。有时见了老二那一种打得我太狠，或者嘲弄得我太难堪的动作，也着实为我打过几次抱不平，极婉曲周到地说出话来非难过老二。而我这不识好丑的笨伯，当这些时候心里头非但不感谢老三，还要以为她是多事，出来干涉人家的自由行动。

在这一种情形之下，我和她们四姐妹，对门而住，来往交际了半年多。那一年的冬天，老二忽然与一个新自北京来的大学生订婚了。

这一年旧历新年前后的我的心境，当然是惑乱得不堪，悲痛得非常。当沉闷的时候，邀我去吃饭，邀我去打牌，有时候也和我去看电影的，倒是平时我所不大喜欢，常和老二两人叫她做阴私鬼的老三。而这一个老三，今天却突然的在这个南方的港市里，在这一个细雨蒙蒙的秋天的晚上，偶然遇见了。

想到了这里，我手里拿着的那枝纸烟，已经烧剩了半寸的灰烬，面前杯中倒上的酒，也已经冷了。糊里糊涂地喝了几口酒，吃了两三筷菜，伙计又把一盘生翅汤送了上来。我吃完了晚饭，慢慢地冒雨走回旅馆来，洗了手脸，换了衣服，躺在床上，翻来覆去，终于一夜没有合眼。我想起了那一年的正月初二，老三和我两人上苏州去的一夜旅行。我想起了那一天晚上，两人默默地在电灯下相对的情形。我想起了第二天早晨起来，她在她的帐子里叫我过去，为她把掉在地下的衣服捡起来的声气。然而我当时终于忘不了老二，对于她的这种种好意的表示，非但没有回报她一二，并且简直没有接受她的馀裕。两个人终于白旅行了一次，感情终于没有接近起来，那一天午后，就匆匆地依旧同兄妹似的回到上海来了。过了元宵节，我因为胸中苦闷不过，便在报馆里辞了职，和她们姐妹四人，也没有告别，一个人连行李也不带一件，跑上北京的冰天雪地里去，想去把我的过去的一切忘了，把我的全部的烦闷葬了。嗣后两三年来，东飘西泊，却还没有在一处住过半年以上。无聊之极，也学学时髦，把我的苦闷写出来，做点小说卖卖。然而于不知不觉的中间，终于得了呼吸器的病症。现在飘流到了这极南的一角，谁想得到再会和这老三相见于黄昏的路上的呢！啊，这世界虽说很大，实在也是很小，两个浪人，在这样的天涯海角，也居然再能重见，你说奇也不奇。我想前想后，想了一夜，到天色有点微明，窗下有早起的工人经过的时候，方才昏昏地睡着。也不知睡了几久，在梦里忽而听到几声咯咯的扣门声。急忙夹着被条，坐起来一看，夜来的细雨，已经晴了，南窗里有两条太阳光线，灰黄黄地晒在那里。我含糊地叫了一声"进来！"而那扇房门却老是不往里开。再等了几分钟，房门还是不向里开，我才觉得奇怪了，就披上衣服，走下床来。等我两脚刚立定的时候，房门却慢慢地开了。跟着门进来的，一点儿也不错，依旧是阴阳怪气，含着半脸神秘的微笑的老三。

"啊，老三！你怎么来得这样早？"我惊喜地问她。

"还早么？你看太阳都斜了啊！"

说着，她就慢慢地走进了房来，向我的上下看了一眼。笑了一脸，就仿佛害羞似的去窗面前站住，望向街外去了。窗外头夹一重走廊,遥遥望去,底下就是一家富室的庭园,太阳很柔和地晒在那些未凋落的槐花树和杂树的枝头上。

她的装束和从前不同了。一件芝麻呢的女外套里,露出了一条白花丝的围巾来,上面穿的是半西式的八分短袄,裙子系黑印度缎的长套裙。一顶淡黄绸的女帽,深盖在额上,帽子的卷边下,就是那一双迷人的大眼,瞳人很黑,老在凝视着什么似的大眼。本来是长方的脸,因为有那顶帽子深覆在眼上,所以看去仿佛是带点圆味的样子。两三年的岁月,又把她那两条从鼻角斜拖向口角去的纹路刻深了。苍白的脸色,想是昨夜来打牌辛苦了的原因。本来是中等身材不肥不短的躯体,大约是我自家的身体缩矮了罢,看起来仿佛比从前高了一点。她背着我呆立在窗前。我看看她的肩背,觉得是比从前瘦了。

"老三!你站在那里干什么?"我扣好了衣裳,向前挨近了一步,一边把右手拍上她的肩去,劝她脱外套,一边就这样问她。她也前进了半尺,把我的右手轻轻地避脱,朝过来笑着说:

"我在这里算账。"

"一清早起来就算账?什么账?"

"昨晚上的赢账。"

"你赢了么?"

"我哪一回不赢?只有和你来的那回却输了。"

"噢,你还记得那么清?输了多少给我?那一回?"

"险些儿输了我的性命!"

"老三!"

"…………"

"你这脾气还没有改过,还爱讲这些死话。"

以后她只是笑着不说话。我拿了一把椅子,请她坐了,就上西角上的水盆里去嗽口洗脸。

一忽儿她又叫我说:

"李先生!你的脾气,也还没有改过,老爱吸这些纸烟。"

"老三!"

"…………"

"幸亏你还没有改过,还能上这里来。要是昨天遇见的是老二哩,怕她是不肯来了。"

"李先生!你还没有忘记老二么?"

"仿佛还有一点记得。"

"你的情义真好!"

"谁说不好来着!"

"老二真有福分!"

"她现在在什么地方?"

"我也不知道,好久不通信了,前二三个月,听说还在上海。"

"老大老四呢?"

"也还是那一个样子,仍复在民德里。变化最多的,就是我吓!"

"不错,不错,你昨天说不要我上你那里去,这又为什么来着?"

"我不是不要你去,怕人家要说闲话。你应该知道,阿陆的家里，人是很多的。"

"是的，是的，那一位华侨姓陆罢。老三，你何以又会看中了这一位胖先生的呢？"

"像我这样的人，那里有看中看不中的好说，总算是做了一个怪梦。"

"这梦好么？"

"又有什么好不好，连我自己都莫名其妙。"

"你莫名其妙，怎么又会和他结婚的呢？"

"什么叫结婚呀。我不过当了一个礼物，当了一个老大和大姐夫的礼物。"

"老三！"

"…………"

"他怎么会这样的早死的呢？"

"谁知道他，害人的。"

因为她说话的声气消沉下去了，我也不敢再问。等衣服换好，手脸洗毕的时候，我从衣袋里拿出表来一看，已经是二点过了三个字了。我点上一枝烟卷，在她的对面坐下，偷眼向她一看，她那脸神秘的笑容，已经看不见一点踪影。下沉的双眼，口角的深纹，和两颊的苍白，完全把她画成了一个新寡的妇人。我知道她在追怀往事，所以不敢打断她的思路。默默地呼吸了半刻钟烟，她忽而站起来说："我要去了！"她说话的时候，身体已经走到了门口。我追上去留她，她脸也不回转来看我一眼，竟匆匆地出门去了。我又追上扶梯根前叫她等一等，她到了楼梯底下，才把那双黑漆漆的眼睛向我看了一眼，并且轻轻地说："明天再来吧！"

自从这一回之后，她每天差不多总抽空上我那里来。两人的感情，也渐渐地融洽起来了。可是无论如何，到了我想再迈进一步的时候，她总马上设法逃避，或筑起城堡来防我。到我遇见她之后，约摸将十几天的时候，我的头脑心思，完全被她搅乱了。听说有呼吸器病的人，欲情最容易奋兴，这大约是真的。那时候我实在再也不能忍耐了，所以那一天的午后，我怎么也不放她回去，一定要她和我同去吃晚饭。

那一天早晨，天气很好。午后她来的时候，却热得厉害。到了三四点钟，天上起了云障，太阳下山之后，空中刮起风来了。她仿佛也受了这天气变化的影响，看她只是在一阵阵地消沉下去，她说了几次要去，我拼命地强留着她，末了她似乎也觉得无可奈何，就俯伏了头，尽坐在那里默想。

太阳下山了，房角落里，阴影爬了出来。南窗外看见的暮天半角，还带着些微紫色。同旧棉花似的一块灰黑的浮云，静静地压到了窗前。风声呜呜地从玻璃窗里传透过来，两人默坐在这将黑未黑的世界里，觉得我们以外的人类万有，都已经死灭尽了。在这个沉默的、向晚的、暗暗的悲哀海里，不知沉浸了几久，忽而电灯像雷击似的放光亮了。我站起了身，拿了一件她的黑呢旧斗篷，从后边替她披上，再伏下身去，用了两手，向她的胁下一抱，想乘势从她的右侧，把头靠向她的颊上去的，她却同梦中醒来似的蓦地站了起来，用力把我一推。我生怕她要再跑出门，跑回家去，所以马上就跑上房门口去拦住。她看了我这一种混乱的态度，却笑起来了。虽则兀立在灯下的姿势还是严不可犯的样子,然而她的眼睛在笑了,脸上的筋肉的紧张也松懈了,口角上也有笑容了。因此我就大了胆,再走近她的身边,用一只手夹斗篷地围抱住她,轻轻地在她耳边说:

"老三!你怕么?你怕我么?我以后不敢了,不再敢了,我们一道上外面去吃晚饭去吧!"

她虽是不响,一面身体却很柔顺地由我围抱着。我挽她出了房门,就放开了手。由她走在前头,走下扶梯,走出到街上去。

我们两人,在日暮的街道上走,绕远了道,避开那条P街,一直到那条M港最热闹的长街的中心止,不敢并着步讲一句话。街上的灯火全都灿烂地在放寒冷的光,天风还是呜呜地吹着,街路树的叶子,息索息索很零乱地散落下来,我们两人走了半天,才走到望海酒楼的三楼上一间滨海的小室里坐下。

坐下来一看,她的头发已经为凉风吹乱;瘦削的双颊,尤显得苍白。她要把斗篷脱下来,我劝她不必,并且教伙计马上倒了一杯白兰地来给她喝。她把热茶和白兰地喝了,又用手巾在头上脸上擦了一擦,静坐了几分钟,才把常态恢复。那一脸神秘的笑和炯炯的两道眼光,又在寒冷的空气里散放起电力来了。

"今天真有点冷啊!"我开口对她说。

"你也觉得冷的么?"

"怎么我会不觉得冷的呢?"

"我以为你是比天气还要冷些。"

"老三!"

"⋯⋯⋯⋯"

"那一年在苏州的晚上,比今天怎么样?"

"我想问你来着!"

"老三!那是我的不好,是我,我的不好。"

"⋯⋯⋯⋯"

她尽是沉默着不响,所以我也不能多说。在吃饭的中间,我只是献着媚,低着声,诉说当时在民德里的时候的情形。她到吃完饭的时候止,总共不过说了十几句话,我想把她的记忆唤起,把当时她对我的旧情复燃起来,然而看看她脸上的表情,却终于是不曾为我所动。到末了我被她弄得没法了,就半用暴力,半用含泪的央告,一定要求她不要回去,接着就同拖也似的把她挟上了望海酒楼间壁的一家外国旅馆的楼上。

夜深了,外面的风还在萧骚地吹着。五十枝的电光,到了后半夜加起亮来,反照得我心里异常的寂寞。室内的空气,也增加了寒冷,她还是穿了衣服,隔着一条被,朝里床躺在那里。我扑过去了几次,总被她推翻了下来,到最后的一次她却哭起来了,一边哭,一边又断断续续地说:

"李先生!我们的⋯⋯我们的事情,早已⋯⋯早已经结束了。那一年,要是那一年⋯⋯你能⋯⋯你能够像现在一样的爱我,那我⋯⋯我也⋯⋯不会⋯⋯不会吃这一种苦的。我⋯⋯我⋯⋯你晓得⋯⋯我⋯⋯我⋯⋯这两三年来⋯⋯!"

说到这里,她抽咽得更加厉害,把被窝蒙上头去,索性任情哭了一个痛快。我想想她的身世，想想她目下的状态，想想过去她对我的情节，更想想我自家的沦落的半生，也被她的哀泣所感动，虽则滴不下眼泪来，但心里也尽在酸一阵痛一阵地难过。她哭了半点多钟，我在床上默坐了半点多钟，觉得她的眼泪，已经把我的邪念洗清，心里头什么也不想了。又静坐了几分钟，我听听她的哭声，也已经停止，就又伏过身去，诚诚恳恳地对她说：

"老三！今天晚上，又是我不好，我对你不起，我把你的真意误会了。我们的时期，的确已经过去了。我今晚上对你的要求，的确是卑劣得很。请你饶了我，噢，请你饶了我，我以后永也不再干这一种卑劣的事情了，噢，请你饶了我！请你把你的头伸出来。朝转来，对我说一声，说一声饶了我吧！让我们把过去的一切忘了，请你把今晚上的我的这一种卑劣的情事忘了。噢，老三！"

我斜伏在她的枕头边上，含泪地把这些话说完之后，她的头还是尽朝着里床，身子一动也不肯动。我静候了好久，她才把头朝转来，举起一双泪眼，好像是在怜惜我又好像是在怨恨我地看了我一眼。得到了她这泪眼的一瞥，我心里也不晓怎么的起了一种比死刑囚过赦的时候还要感激的心思。她仍复把头朝了转去，我也在她的被外头躺下了。躺下之后，两人虽然都没有睡着，然而我的心里却很舒畅地默默地直躺到了天明。

早晨起来，约略梳洗了一番，她又同平时一样地和我微笑了，而我哩，脸上虽在笑着，心里头却尽是一滴苦泪一滴苦泪的在往喉头鼻里咽送。

两人从旅馆出来，东方只有几点红云罩着，夜来的风势，把一碧的长天扫尽了。太阳已出了海，淡薄的阳光晒着的几条冷静的街上，除了些被风吹堕的树叶和几堆灰土之外，也比平时洁净得多。转过了长街送她到了上她自家的门口，将要分别的时候，我只紧握了她一双冰冷的手，轻轻地对她说：

　　"老三！请你自家珍重一点，我们以后见面的机会，恐怕很少了。"我说出了这句话之后，心里不晓怎么的忽儿绞割了起来，两只眼睛里同雾天似的起了一层蒙障。她仿佛也深深地朝我看了一眼，就很急促地抽了她的两手，飞跑地奔向屋后去了。

　　这一天的晚上，海上有一弯眉毛似的新月照着，我和许多言语不通的南省人杂处在一舱里吸烟。舱外的风声浪声很大，大家只在电灯下计算着这海船航行的速度，和到 H 港的时刻。

一九二七年一月十日在上海

迟桂花

××兄：

　　突然间接着我这一封信，你或者会惊异起来，或者你简直会想不出这发信的翁某是什么人。但仔细一想，你也不在做官，而你的境遇，也未见得比我的好几多倍，所以将我忘了的这一回事，或者是还不至于的。因为这除非是要贵人或境遇很好的人，才做得出来的事情。前两礼拜为了采办结婚的衣服家具之类，才下山去。有好久不上城里去了，偶尔去城里一看，真是像丁令威的化鹤归来，触眼新奇，宛如隔世重生的人。在一家书铺门口走过，一抬头就看见了几册关于你的传记评论之类的书。再踏进去一问，才知道你的著作竟积成了八九册之多了。将所有的你的和关于你的书全买将回来，一读，仿佛是又接见了十馀年不见的你那副音容笑语的样子。我忍不住了，一遍两遍地尽在翻读，愈读愈想和你通一次信，见一次面。但因这许多年数的不看报，不识世务，不亲笔砚的缘故，终于下了好几次决心，而仍不敢把这心愿来实现。现在好了，关于我的一切结婚的事情的准备，也已经料理到了十之七八，而我那年老的娘，又在打算着于明天一侵早就进城去，早就上床去躺下了。我那可怜的寡妹，也因为白天操劳过了度，这时候似乎也已经坠入了梦乡，所以我可以静静儿地来练这久未写作的笔，实现我这已经怀念了有半个多月的心愿了。

提笔写将下来，到了这里，我真不知将如何地从头写起。和你相别以后，不通闻问的年数，隔得这么的多，读了你的著作以后，心里头触起的感觉情绪，又这么的复杂；现在当这一刻的中间，汹涌盘旋在我脑里想和你谈谈的话，的确，不止像一部二十四史那么的繁而且乱，简直是同将要爆发的火山内层那么的热而且烈，急遽寻不出一个头来。

我们自从房州海岸别来，到现在总也约莫有十多年光景了罢！我还记得那一天晴冬的早晨，你一个人立在寒风里送我上车回东京去的情形。你那篇《南迁》的主人公，写的是不是我？我自从那一年后，竟为这胸腔的恶病所压倒，与你再见一次面和通一封信的机会也没有，就此回国了。学校当然是中途退了学，连生存的希望都没有了的时候，哪里还顾得到将来的立身处世？哪里还顾得到身外的学艺修能？到这时候为止的我的少年豪气，我的绝大雄心，是你所晓得的。同级同乡的同学，只有你和我往来得最亲密。在同一公寓里同住得最长久的，也只有你一个人；时常劝我少用些功，多保养身体，预备将来为国家为人类致大用的，也就是你。每于风和日朗的晴天，拉我上多摩川上井之头公园及武藏野等近郊去散步闲游的，除你以外，更没有别的人了。那几年高等学校时代的愉快的生活，我现在只教一闭上眼，还历历透视得出来。看了你的许多初期的作品，这记忆更加新鲜了。我的所以愈读你的作品，愈想和你通一次信者，原因也就在这些过去的往事的追怀。这些都是你和我两人所共有的过去，我写也没有写得你那么好，就是不写你总也还记得的，所以我不想再说。我打算详详细细向你来作一个报告的，就是从那年冬天回故乡以后的十几年光景的山居养病的生活情形。

那一年冬天咯了血，和你一道上房州去避寒，在不意之中，又遇见了那个肺病少女——是真砂子罢？连她的名字我都忘了——无端惹起了那一场害人害己的恋爱事件。你送我回东京之后，住了一个多礼拜，我就回国来了。我们的老家在离城市有二十来里地的翁家山上，你是晓得的。回家住下，我自己对我的病，倒也没什么惊奇骇异的地方，可是我痰里的血丝，脸上的苍白，和身体的瘦削，却把我那已经守了好几年寡的老母急坏了，因为我那短命的父亲，也是患这同样的病而死去的。于是她就四处地去求神拜佛，采药求医，急得连粗茶淡饭都无心食用，头上的白发，也似乎一天一天地加多起来了。我哩！恋爱已经失败了,学业也已辍了,对于此生,原已没有多大的野心,所以就落得去由她摆布,积极地虽尽不得孝,便消极地尽了我的顺。初回家的一年中间,我简直门外也不出一步,各色各样的奇形的草药,和各色各样的异味的单方,差不多都尝了一个遍。但是怪得很,连我自己都满以为没有希望的这致命的病症,一到了回国后所经过的第二个春天,竟似乎有神助似的忽然减轻了,夜热也不再发,盗汗也居然止住,痰里的血丝早就没有了。我的娘的喜欢,当然是不必说,就是在家里替我煮药缝衣,代我操作一切的我那位妹妹,也同春天的天气一样,时时展开了她的愁眉,露出了她那副特有的真真是讨人欢喜的笑容。到了初夏,我药也已经不服,有兴致的时候,居然也能够和她们一道上山前山后去采采茶,摘摘菜,帮她们去服一点小小的劳役了。是在这一年的——回家后第三年的——秋天,在我们家里,同时候发生了两件似喜而又可悲,说悲却也可喜的悲喜剧。第一,就是我那妹妹的出嫁,第二,就是我定在城里的那家婚约的解除。妹妹那年十九岁了,男家是只隔一支山岭的一家乡下的富家。他们来说亲的时候,原是因为我们祖上是世代读书的,总算是来和诗礼人家攀婚的意思。定亲已经定过了四五年了,起初我娘却嫌妹妹年纪太小,不肯马上准他们来迎娶,后来就因为我的病,一搁就又搁起了两三年。到了这一回,我的病总算已经恢复，而妹妹却早到了该结婚的年龄了。男家来一说，我娘也就应允了他们，也算完了她自己的一件心事。至于我的这家亲事呢，却是我父亲在死的前一年为我定下的，女家是城里的一家相当有名的旧家。那时候我的年纪虽还很小，而我们家里的不动产却着实还有一点可观。并且我又是一个长子，将来家里要培植我读书处世是无疑的，所以那一家旧家居然也应允了我的婚事。以现在的眼光看来，这门亲事，当然是我们去竭力高攀的，因为杭州人家的习俗，是吃粥的人家的女儿，非要去嫁吃饭的人家不可的。还有乡下姑娘，嫁往城里，倒是常事，城里的千金小姐，却不大会下嫁到乡下来的，所以当时的这个婚约，起初在根本上就有点儿不对。后来经我父亲的一死，我们家里，丧葬费用，就用去了不少。嗣后年复一年，母子三人，只吃着家里的死饭。亲族戚属，少不得又要对我们孤儿寡妇，时时加以一点剥削。母亲又忠厚无用，在出卖田地山场的时候，也不晓得市价的高低，大抵是任凭族人在从中勾搭。就因这种种关系的结果，到我考取了官费，上日本去留学的那一年，我们这一家世代读书的翁家山上的旧家，已经只剩得一点仅能维持衣食的住屋山场和几块荒田了。当我初次出国的时候，承蒙他们不弃，我那未来的亲家，还送了我些贽仪路费。后来于寒假暑假回国的期间，也曾央原媒来催过完姻。可是接着就是我那致命的病症的发生,与我的学业的中辍,于是两三年中,他们和我们的中间,便自然而然地断绝了交往。到了这一年的秋晚,当我那妹妹嫁后不久的时候,女家忽而又央了原媒来对母亲说:"你们的大少爷,有病在身,婚娶的事情,当然是不大相宜的,而他家的小姐,也已经下了绝大的决心,立志终身不嫁了,所以这一个婚约,还是解除了的好。"说着就打开包里,将我们传红时候交去的金玉如意,红绿帖子等,拿了出来,退还了母亲。我那忠厚老实的娘,人虽则无用,但面子却是死要的,一听了媒人的这一番说话,目瞪口僵,立时就滚下了几颗眼泪来。幸亏我在旁边,做好做歹地对娘劝慰了好久,她才含着眼泪,将女家的回礼及八字全帖等检出,交还了原媒。媒人去后,她又上山后我父亲的坟边去大哭了一场,直到傍晚,我和同族邻人等一道去拉她回来,她在路上,还流着满脸的眼泪鼻涕,在很伤心地呜咽。这一出赖婚的怪剧,在我只有高兴,本来是并没有什么大不了的,可是由头脑很旧的她看来,却似乎是翁家世代的颜面家声都被他们剥尽了。自此以后,一直下来,将近十年,我和她母子二人,就日日地寡言少笑,相对茕茕,直到前年的冬天,我那妹夫死去,寡妹回来为止,两人所过的,都是些在炼狱里似的沉闷的日子。

说起我那寡妹,她真也是前世不修。人虽则很长大,身体虽则很强壮,但她的天性,却永远是一个天真活泼的小孩子。嫁过去那一年,来回郎的时候,她还是笑嘻嘻地如同上城里去了一趟回来了的样子,但双满月之后,到年下边回来的时候,从来不晓得悲泣的她,竟对我母亲掉起眼泪来了。她们夫家的公公虽则还好,但婆婆的繁言吝啬,小姑的刻薄尖酸和男人的放荡凶暴,使她一天到晚过不到一刻安闲自在的生活。工作操劳本系是她在家里的时候所惯习的,倒并不以为苦,所最难受的,却是多用一枝火柴,也要受婆婆责备的那一种俭约到不可思议的生活状态。还有两位小姑,左一句尖话,右一句毒语,仿佛从前我娘的不准他们早来迎娶,致使她们的哥哥染上了游荡的恶习,在外面养起了女人,这一件事情,完全是我妹妹的罪恶。结婚之后,新郎的恶习,仍旧改不过来,反而是在城里他那旧情人家里过的日子多,在新房里过的日子少。这一笔账,当然又要写在我妹妹的身上。婆婆说她不会侍奉男人,小姑们说她不会劝,不会骗。有时候公公看得难受,替她申辩一声,婆婆就尖着喉咙,要骂上公公的脸去:"你这老东西!脸要不要,脸要不要,你这扒灰老!"

因我那妹夫,过的是这一种不自然的生活,所以前年夏天,就染了急病死掉了,于是我那妹妹又多了一个克夫的罪名。妹妹年轻守寡,公公少不得总要对她客气一点,婆婆在这里就算抓住了扒灰的证据,三日一场吵,五日一场闹,还是小事,有几次在半夜里，两老夫妇还会大哭大骂地喧闹起来。我妹妹于有一回被骂被逼得特别厉害的争吵之后，就很坚决地搬回到了家里来住了。自从她回来之后，我娘非但得到了一个很大的帮手，就是我们家里的沉闷的空气，也缓和了许多。

　　这就是和你别后，十几年来，我在家里所过的生活的大概。平时非但不上城里去走走，当风雪盈途的冬季，我和我娘简直有好几个月不出门外的时候。我妹妹回来之后，生活又约略变过了。多年不做的焙茶事业，去年也竟出产了一二百斤。我的身体，经了十几年的静养，似乎也有一点把握了。从今年起，我并且在山上的晏公祠里参加入了一个训蒙的小学，居然也做了一位小学教师。但人生是动不得的，稍稍一动，就如滚石下山，变化便要接连不断地簇生出来。我因为在教教书，而家里头又勉强地干起了一点事业，今年夏季居然又有人来同我议婚了。新娘是近邻乡村里的一位老处女，今年二十七岁，家里虽称不得富有，可也是小康之家。这位新娘，因为从小就读了些书，曾在城里进过学堂，相貌也还过得去——好几年前，我曾经在一处市场上看见她过一眼的——故而高不凑，低不就，等闲便度过了她的锦样的青春。我在教书的学校里的那位名誉校长——也是我们的同族——本来和她是旧亲，所以这位校长就在中间做了个传红线的冰人。我独居已经惯了，并且身体也不见得分外强健,若一结婚,难保得旧病的不会复发,故而对这门亲事,当初是断然拒绝了的。可是我那年老的母亲,却仍是雄心未死,还在想我结一头亲,生下几个玉树芝兰来,好重振重振我们的这已经坠落了很久的家声,于是这亲事就又同当年生病的时候服草药一样,勉强地被压上我的身上来了。我哩,本来也已经入了中年了,百事原都看得很穿,又加以这十几年的疏散和无为,觉得在这世上任你什么也没甚大不了的事情,落得随随便便地过去,横竖是来日也无多了。只教我母亲喜欢的话,那就是我稍稍牺牲一点意见也使得。于是这婚议,就在很短的时间里,成熟得妥妥帖帖,现在连迎娶的日期也已经拣好了,是旧历九月十二。

是因为这一次的结婚,我才进城里去买东西,才发见了多年不见的你这老友的存在,所以结婚之日,我想请你来我这里吃喜酒,大家来谈谈过去的事情。你的生活,从你的日记和著作中看来,本来也是同云游的僧道一样的。让出一点工夫来,上这一区僻静的乡间来住几日,或者也是你所喜欢的事情。你来,你一定来,我们又可以回顾回顾一去而不复返的少年时代。

我娘的房间里,有起响动来了,大约天总就快亮了罢。这一封信,整整地费了我一夜的时间和心血,通宵不睡,是我回国以后十几年来不曾有过的经验,你单只看取了我的这一点热忱,我想你也不好意思不来。

啊,鸡在叫了,我不想再写下去了,还是让我们见面之后再来谈罢!

一九三二年九月　翁则生上

刚在北平住了个把月,重回到上海的翌日,和我进出的一家书铺里,就送了这一封挂号加邮托转交的厚信来。我接到了这信,捏在手里,起初还以为是一位我认识的作家,寄了稿子来托我代售的。但翻转信背一看,却是杭州翁家山的翁某某所发,我立时就想起了那位好学不倦,面容妩媚,多年不相闻问的旧同学老翁。他的名字叫翁矩,则生是他的小名。人生得矮小娟秀,皮色也很白净,因而看起来总觉得比他的实际年龄要小五六岁。在我们的一班里,算他的年纪最小,操体操的时候,总是他立在最后的,但实际上他也只不过比我小了两岁。那一年寒假之后,和他同去房州避寒,他的左肺尖,已经被结核菌损蚀得很厉害了。住不上几天,一位也住在那近边养肺病的日本少女,很热烈地和他要好了起来,结果是那位肺病少女的因兴奋而病剧,他也就同失了舵的野船似地迁回到了中国。以后一直十多年,我虽则在大学里毕了业,但关于他的消息,却一响还不曾听见有人说起过。拆开了这封长信,上书室去坐下,从头至尾细细读完之后,我呆视着远处,茫茫然如失了神的样子,脑子里也触起了许多感慨与回思。我远远地看出了他的那种柔和的笑容,听见了他的沉静而又清澈的声气。直到天将暗下去的时候,我一动也不动,还坐在那里呆想,而楼下的家人却来催吃晚饭了。在吃晚饭的中间,我就和家里的人谈起了这位老同学,将那封长信的内容约略说了一遍。家里的人,就劝我落得上杭州去旅行一趟,像这样的秋高气爽的时节,白白地消磨在煤烟灰土很深的上海,实在有点可惜,有此机会,落得去吃吃他的喜酒。

第二天仍旧是一天晴和爽朗的好天气,午后二点钟的时候,我已经到了杭州城站,在雇车上翁家山去了。但这一天,似乎是上海各洋行与机关的放假的日子,从上海来杭州旅行的人,特别的多。城站前面停在那里候客的黄包车,都被火车上下来的旅客雇走了,不得已,我就只好上一家附近的酒店去吃午饭。在吃酒的当中,问了问堂倌以去翁家山的路径,他便很详细地指示我说:

"你只教坐黄包车到旗下的陈列所,搭公共汽车到四眼井下来走上去好了。你又没有行李,天气又这么的好,坐黄包车直去是不上算的。"

得到了这一个指教,我就从容起来了,慢慢地喝完了半斤酒,吃了两大碗饭,从酒店出来,便坐车到了旗下。恰好是三点前后的光景,湖六段的汽车刚载满了客人,要开出去。我到了四眼井下车,从山下稻田中间的一条石板路走进满觉陇去的时候,太阳已经平西到了三五十度斜角度的样子,是牛羊下山,行人归舍的时刻了。在满觉陇的狭路中间,果然遇见了许多中学校的远足归来的男女学生的队伍。上水乐洞口去坐下喝了一碗清茶,又拉住了一位农夫,问了声翁则生的名字,他就晓得得很详细似地告诉我说：

"是山上第二排的朝南的一家，他们那间楼房顶高，你一上去就可以看得见的。则生要讨新娘子了，这几天他们正在忙着收拾。这时候则生怕还在晏公祠的学堂里哩。"

谢过了他的好意，付过了茶钱，我就顺着上烟霞洞去的石级，一步一步地走上了山去。渐走渐高，人声人影是没有了，在将暮的晴天之下，我只看见了许多树影。在半山亭里立住歇了一歇，回头向东南一望，看得见的，只是些青葱的山和如云的树，在这些绿树丛中，又是些这儿几点，那儿一簇的屋瓦与白墙。

"啊啊，怪不得他的病会得好起来了，原来翁家山是在这样的一个好地方。"

烟霞洞我儿时也曾来过的，但当这样晴爽的秋天，于这一个西下夕阳东上月的时刻，独立在山中的空亭里，来仔细赏玩景色的机会，却还不曾有过。我看见了东天的已经满过半弓的月亮，心里正在羡慕翁则生他们老家的处地的幽深，而从背后又吹来了一阵微风，里面竟含满着一种说不出的撩人的桂花香气。

"啊……"

我又惊异了起来：

"原来这儿到这时候还有桂花？我在以桂花著名的满觉陇里，倒不曾看到，反而在这一块冷僻的山里面来闻吸浓香，这可真也是奇事了。"

这样的一个人独自在心中惊异着，闻吸着，赏玩着，我不知在那空亭里立了多少时候。突然从脚下树丛深处,却幽幽地有晚钟声传过来了,东嗡,东嗡的这钟声实在真来得缓慢而凄清。我听得耐不住了,拔起脚跟,一口气就走上了山顶,走到了那个山下农夫曾经教过我的烟霞洞西面翁则生家的近旁。约莫离他家还有半箭路远时候,我一面喘着气,一面就放大了喉咙向门里面叫了起来:

"喂,老翁!老翁!则生!翁则生!"

听见了我的呼声,从两扇关在那里的腰门里开出来答应的却不是被我所唤的翁则生自己,而是我从来也没有见过面的,比翁则生略高三五分的样子,身体强健,两颊微红,看起来约莫有二十四五的一位女性。

她开出了门,一眼看见了我,就立住脚惊疑似地略呆了一呆。同时我看见她脸上却涨起了一层红晕,一双大眼睛眨了几眨,深深地吞了一口气,她似乎已经镇静下去了,便很腼腆地对我一笑。在这一脸柔和的笑容里,我立时就看到了翁则生的面相与神气,当然她是则生的妹妹无疑了,走上了一步,我就也笑着问她说:

"则生不在家么?你是他的妹妹不是?"

听了我这一句问话,她脸上又红了一红,柔和地笑着,半俯了头,她方才轻轻地回答我说:

"是的,大哥还没有回来,你大约是上海来的客人罢?吃中饭的时候,大哥还在说哩!"

这沉静清澈的声气,也和翁则生的一色而没有两样。

"是的,我是从上海来的。"

我接着说：

"我因为想使则生惊骇一下，所以电报也不打一个来通知，接到他的信后，马上就动身来了。不过你们大哥的好日也太逼近了，实在可也没有写一封信来通知的时间馀裕。"

"你请进来罢，坐坐吃碗茶，我马上去叫了他来。怕他听到了你来，真要惊喜得像疯了一样哩。"

走上台阶，我还没有进门，从客堂后面的侧门，却走出了一位头发雪白、面貌清癯，大约有六十内外的老太太来。她的柔和的笑容，也是和她的女儿儿子的笑容一色一样的。似乎已经听见了我们在门口所交换过的谈话了，她一开口就对我说：

"是郁先生么？为什么不写一封快信来通知？则生中上还在说，说你若要来，他打算进城上车站去接你去的。请坐，请坐，晏公祠只有十几步路，让我去叫他来罢，怕他真要高兴得像什么似的哩。"

说完了，她就朝向了女儿，吩咐她上厨下去烧碗茶来。她自己却踏着很平稳的脚步，走出大门，下台阶去通知则生去了。

"你们老太太倒还轻健得很。"

"是的，她老人家倒还好。你请坐罢，我马上起了茶来。"

她上厨下去起茶的中间，我一个人，在客堂里倒得了一个细细观察周围的机会。则生他们的住屋，是一间三开间而有后轩后厢房的楼房。前面阶沿外走落台阶，是一块可以造厅造厢楼的大空地。走过这块数丈见方的空地，再下两级台阶，便是村道了。越村道而下，再低数尺，又是一排人家的房子。但这一排房子，因为都是平屋，所以挡不杀翁则生他们家里的眺望。立在翁则生家的空地里，前山后山的山景，是依旧历历可见的。屋前屋后，一段一段的山坡上，都长着些不大知名的杂树，三株两株夹在这些杂树中间，树叶短狭，叶与细枝之间，满撒着锯末似的黄点的，却是木犀花树。前一刻在半山空亭里闻到的香气，源头原来就系出在这一块地方的。太阳似乎已下了山，澄明的光里，已经看不见日轮的金箭，而山脚下的树梢头，也早有一带晚烟笼上了。山上的空气，真静得可怜，老远老远的山脚下的村里，小儿在呼唤的声音，也清晰地听得出来。我在空地里立了一会，背着手又踱回到了翁家的客厅，向四壁挂在那里的书画一看，却使我想起了翁则生信里所说的事实。琳琅满目，挂在那里的东西，果然是件件精致，不像是乡下人家的俗恶的客厅。尤其使我看得有趣的，是陈豪写的一堂《归去来辞》的屏条，墨色的鲜艳，字迹的秀腴，有点像董香光而更觉得柔媚。翁家的世代书香，只须上这客厅里来一看就可以知道了。我立在那里看字画还没有看得周全，忽而背后门外老远的就飞来了几声叫声：

"老郁！老郁！你来得真快！"

翁则生从小学校里跑回来了，平时总很沉静的他，这时候似乎也感到了一点兴奋。一走进客堂，他握住了我的两手，尽在喘气，有好几秒钟说不出话来。等落在后面的他娘走到的时候，三人才各放声大笑了起来。这时候他妹妹也已经将茶烧好，在一个朱漆盘里放着三碗搬出来摆上桌子来了。

"你看，则生这小孩，他一听见我说你到了，就同猴子似的跳回来了。"

她娘笑着对我说。

"老翁！说你生病生病，我看你倒仍旧不见得衰老得怎么样，两人比较起来，怕还是我老得多哩？"

我笑说着，将脸朝向了他的妹妹，去征她的同意。她笑着不说话，只在守视着我们的欢喜笑乐的样子。则生把头一扭，向他娘指了一指，就接着对我说：

"因为我们的娘在这里，所以我不敢老下去吓。并且媳妇儿也还不曾娶到，一老就得做老光棍了，那还了得！"

经他这么一说，四个人重又大笑起来了，他娘的老眼里几乎笑出了眼泪。则生笑了一会，就重新想起了似的替他妹妹介绍说：

"这是我的妹妹，她的事情，你大约是晓得的罢？我在那信里是写得很详细的。"

"我们可不必你来介绍了，我上这儿来，头一个见到的就是她。"

"噢，你们倒是有缘啊！莲，你猜这位郁先生的年纪，比我大呢，还是比我小？"

他妹妹听了这一句话，面色又涨红了，正在嗫嚅困惑的中间，她娘却止住了笑，问我说：

"郁先生，大约是和则生上下年纪罢？"

"哪里的话，我要比他大得多哩。"

"娘，你看还是我老呢还是他老？"

则生又把这问题转向了他的母亲。他娘仔细看了我一眼，

就对他笑骂般的说:

"自然是郁先生来得老成稳重,谁更像你那样的不脱小孩子脾气呢!"

说着,她就走近了桌边,举起茶碗来请我喝茶。我接过来喝了一口,在茶里又闻到了一种实在是令人欲醉的桂花香气。掀开了茶碗盖,我俯首向碗里一看,果然在绿莹莹的茶水里散点着有一粒一粒的金黄的花瓣。则生以为我在看茶叶。自己拿起了一碗喝了一口,他就对我说:

"这茶叶是我们自己制的,你说怎么样?"

"我并不在看茶叶,我只觉这触鼻的桂花香气,实在可爱得很。"

"桂花吗?这茶叶里的还是第一次开的早桂,现在在开的迟桂花,才有味哩!因为开得迟,所以日子也经得久。"

"是的是的,我一路上走来,在以桂花著名的满觉陇里,倒闻不着桂花的香气。看看两旁的树上,都只剩了一簇一簇的淡绿的桂花托子了,可是到了这里,却同做梦似地,所闻吸的尽是这种浓艳的气味。老翁,你大约是已经闻惯了,不觉得什么罢?我……我……"

说到了这里,我自家也忍不住笑了起来。则生尽管在追问我,"你怎么样?你怎么样?"到了最后,我也只好说了:

"我,我闻了,似乎要起性欲冲动的样子。"

则生听了,马上就大笑了起来,他的娘和妹妹虽则并没有明确地了解我们的说话的内容,但也晓得我们是在说笑话,母女俩便含着微笑,上厨下去预备晚饭去了。

我们两人在客厅上谈谈笑笑，竟忘记了点灯，一道银样的月光，从门里洒进来了。则生看见了月亮，就站起来想去拿煤油灯，我却止住了他，说：

"在月光底下清谈，岂不是很好么？你还记不记得起，那一年在井之头公园里的一夜游行？"

所谓那一年者，就是翁则生患肺病的那一年秋天。他因为用功过度，变成了神经衰弱症。有一天，他课也不去上，竟独自一个在公寓里发了一天的疯。到了傍晚，他饭也不吃，从公寓里跑出去了。我接到了公寓主人的注意，下学回来，就远远地在守视着他，看他走出了公寓，就也追踪着他，远远地跟他一道到了井之头公园。从东京到井之头公园去的高架电车，本来是有前后的两乘，所以在电车上，我和他并不遇着。直到下车出车站之后，我假装无意中和他冲见了似的同他招呼了。他红着双颊，问我这时候上这野外来干什么，我说是来看月亮的，记得那一晚正是和今天一样地有月亮的晚上。两人笑了一笑，就一道地在井之头公园的树林里走到了夜半方才回来。后来听他的自白，他是在那一天晚上想到井之头公园去自杀的，但因为遇见了我，谈了半夜，胸中的烦闷，有一半消散了，所以就同我一道又转了回来。"无限胸中烦闷事，一宵清话又成空！"他自白的时候，还念出了这两句诗来，借作解嘲。以后他就因伤风而发生了肺炎，肺炎愈后，就一直地为结核菌所压倒了。

谈了许多怀旧谈后，语头一转，我就提到了他的这一回的喜事。

"这一回的喜事么？我在那信里也曾和你说过。"

谈话的内容，一从空想追怀转向了现实，他的声气就低了下去，又回复了他旧日的沉静的态度。

"在我是无可无不可的，对这事情最起劲的，倒是我的那位年老的娘。这一回的一切准备麻烦，都是她老人家在替我忙的。这半个月中间，她差不多日日跑城里。现在是已经弄得完完全全，什么都预备好了，明朝一早，就要来搭灯彩，下午是女家送嫁妆来，后天就是正日。可是老郁，有一件事情，我觉得很难受，就是莲儿——这是我妹妹的小名——近来，似乎是很不高兴的样子，她话虽则不说，但因为她是很天真的缘故，所以在态度上表情上处处我都看得出来。你是初同她见面，所以并不觉得什么，平时她着实要活泼哩，简直活泼得同现代的那些时髦女郎一样，不过她的活泼是天性的纯真，而那些现代女郎，却是学来的时髦。……按说哩，这心绪的恶劣，也是应该的，她虽则是一个纯真的小孩子，但人非木石，究竟总是有一点感情，看到了我们这里的婚事热闹，无论如何，总免不得要想起她自己的身世凄凉的。并且还有一个最重要的动机，仿佛是她在觉得自己以后的寄身无处。这儿虽是娘家，但她却是已经出过嫁的女儿了，哥哥讨了嫂嫂，她还有什么权利再寄食在娘家呢？所以我当这婚事在谈起的当初，就一次两次地对她说过了，不管它怎样，她总是我的妹妹，除非她要再嫁，则没有话说，要是不然的话，那她是一辈子有和我同居，和我对分财产的权利的，请她千万不要自己感到难过。这一层意思，她原也明白，我的性情，她是晓得的，可是不晓得怎么，她近来似乎总有点不大安闲的样子。你来得正好,顺便也可以劝劝她。并且明天发嫁妆结灯彩之类的事情,怕她看了又要想到自己的身世,我想明朝一早就叫她陪你出去玩去,省得她在家里一个人在暗中受苦。"

"那好极了,我明天就陪她出去玩一天回来。"

"那可不对,假使是你陪她出去玩的话,那是形迹更露,愈加要使她难堪了。非要装作是你要她去作陪不行。仿佛是你想出去玩,但我却没有工夫陪你,所以只好勉强请她和你一道出去。要这样,她才安逸。"

"好,好,就这么办,明天我要她陪我去逛五云山去。"

正谈到了这里,他的那位老母从客室后面的那扇侧门里走出来了,看到了我们的坐在微明灰暗的客室里谈天,她又笑了起来说:

"十几年不见的一段总账,你们难道想在这几刻工夫里算它清来么?有什么话谈得那么起劲,连灯都忘了点一点?则生,你这孩子真像是疯了,快立起来,把那盏保险灯点上。"

说着她又跑回到了厨下,去拿了一盒火柴出来。则生爬上桌子,在点那盏悬在客室正中的保险灯的时候,她就问我吃晚饭之先,要不要喝酒。则生一边在点灯,一边就从肩背上叫他娘说:

"娘,你以为他也是肺痨病鬼么?郁先生是以喝酒出名的。"

"那么你快下来去开坛去罢,今天挑来的那两坛酒,不晓得好不好,请郁先生尝尝看。"

他娘听了他的话后，就也昂起了头，一面在看他点灯，一面在催他下来去开酒去。

"幸而是酒，请郁先生先尝一尝新，倒还不要紧，要是新娘子，那可使不得。"

他笑说着从桌子上跳了下来，他娘眼睛望着了我，嘴唇却朝着了他啐了一声说：

"你看这孩子，说话老是这样不正经的！"

"因为他要做新郎官了，所以在高兴。"

我也笑着对他娘说了一声，旋转身就一个人踱出了门外，想看一看这翁家山的秋夜的月明，屋内且让他们母子俩去开酒去。

月光下的翁家山，又不相同了。从树枝里筛下来的千条万条的银线，像是电影里的白天的外景。不知躲在什么地方的许多秋虫的鸣唱，骤听之下，满以为在下急雨。白天的热度，日落之后，忽然收敛了，于是草木很多的这深山顶上，就也起了一层白茫茫的透明雾障。山上电灯线似乎还没有接上，远近一家一家看得见的几点煤油灯光，仿佛是大海湾里的渔灯野火。一种空山秋夜的沉默的感觉，处处在高压着人，使人肃然会起一种畏敬之思。我独立在庭前的月光亮里看不上几分钟，心里就有点寒竦竦地怕了起来，回身再走回客室，酒菜杯筷，都已热气蒸腾地摆好在那里候客了。

四个人当吃晚饭的中间，则生又说了许多笑话。因为在前回听取了一番他所告诉我的衷情之后，我于举酒杯的瞬间，偷眼向他妹妹望望，觉得在她的柔和的笑脸上，的确似乎是有一种说不出的悲寂的表情流露在那里的样子。这一餐晚饭，吃尽了许多时间，我因为白天走路走得不少，而谈话之后又感到了一点兴奋，肚子有点饿了，所以酒和菜，竟吃得比平时要多一倍。到了最后将快吃完的当儿，我就向则生提出说：

"老翁，五云山我倒还没有去玩过，明天你可不可以陪我一道去玩一趟？"

则生仍复以他的那种滑稽的口吻回答我说：

"到了结婚的前一日，新郎官哪里走得开呢，还是改天再去罢。等新娘子来了之后，让新郎新娘抬了你去烧香，也还不迟。"

我却仍复主张着说，明天非去不行。则生就说：

"那么替你去叫一顶轿子来，你坐了轿子去，横竖是明天轿夫会来的。"

"不行不行，游山玩水，我是喜欢走的。"

"你认得路么？"

"你们这一种乡下的僻路，我哪里会认得呢？"

"那就怎么办呢？……"

则生抓着头皮，脸上露出了一脸为难的神气。停了一二分钟，他就举目向他的妹妹说：

"莲！你怎么样？你是一位女豪杰，走路又能走，地理又熟悉，你替我陪了郁先生去怎么样？"

他妹妹也笑了起来，举起眼睛来向她娘看了一眼。接着她娘就说：

"好的，莲，还是你陪了郁先生去罢，明天你大哥是走不开的。"

我一看她脸上的表情,似乎已经有了答应的意思了,所以又追问了她一声说:

"五云山可着实不近哩,你走得动的么?回头走到半路,要我来背,那可办不到。"

她听了这话,就真同从心坎里笑出来的一样笑着说:

"别说是五云山,就是老东岳,我们也一天要往返两次哩。"

从她的红红的双颊,挺突的胸脯,和肥圆的肩臂看来,这句话也决不是她夸的大口。吃完晚饭,又谈了一阵闲天,我们因为明天各有忙碌的操作在前,所以一早就分头到房里去睡了。

山中的清晓,又是一种特别的情景。我因为昨天夜里多喝了一点酒,上床去一睡,就同大石头掉下海里似的一直就酣睡到了天明。窗外面吱吱喞喞的鸟声喧噪得厉害,我满以为还是夜半,月明将野鸟惊醒了,但睁开眼掀开帐子来一望,窗内窗外已饱浸着晴天爽朗的清晨光线,窗子上面的一角,却已经有一缕朝阳的红箭射到了。急忙滚出了被窝,穿起衣服,跑下楼去一看,她们母子三人,也已梳洗得妥妥服服,说是已经在做了个把钟头的事情之后。平常她们总是于五点钟前后起床的,这一种日出而作,日入而息的山中住民的生活秩序,又使我对她们感到了无穷的敬意。四人一道吃过了早餐,我和则生的妹妹,就整了一整行装,预备出发。临行之际,他娘又叫我等一下子,她很迅速地跑上楼上去取了一支黑漆手杖下来,说,这是则生生病的时候用过的,走山路的时候,用它来撑扶撑扶,气力要省得多。我谢过了她的好意,就让则生的妹妹上前带路,走出了她们的大门。

早晨的空气,实在澄鲜得可爱。太阳已经升高了,但它的领域,还只限于屋檐,树梢,山顶等突出的地方。山路两旁的细草上,露水还没有干,而一味清凉触鼻的绿色草气,和入在桂花香味之中,闻了好像是宿梦也能摇醒的样子。起初还在翁家山村内走着,则生的妹妹,对村中的同性,三步一招呼,五步一立谈地应接得忙不暇给。走尽了这村子的最后一家,沿了入谷的一条石板路走上下山面的时候,遇见的人也没有了,前面的眺望,也转换了一个样子。朝我们去的方向看去,原又是冈峦的起伏和别墅的纵横,但稍一住脚,掉头向东面一望,一片同呵了一口气的镜子似的湖光,却躺在眼下了。远远从两山之间的谷顶望去,并且还看得出一角城里的人家,隐约藏躲在尚未消尽的湖雾当中。

我们的路先朝西北,后又向西南,先下了山坡,后又上了山背,因为今天有一天的时间,可以供我们消磨,所以一离了村境,我就走得特别的慢。每这里看看,那里看看地看个不住。若看见了一件稍可注意的东西,那不管它是风景里的一点一堆,一山一水,或植物界的一草一木与动物界的一鸟一虫,我总要拉住了她,寻根究底地问得它仔仔细细。说也奇怪,小时候只在村里的小学校里念过四年书的她——这是她自己对我说的——对于我所问的东西,却没有一样不晓得的。关于湖上的山水古迹,庙宇楼台哩,那还不要去管它,大约是生长在西湖附近的人，个个都能够说出一个大概来的，所以她的知道得那么详细，倒还在情理之中，但我觉得最奇怪的，却是她的关于这西湖附近的区域之内的种种动植物的知识。无论是如何小的一只鸟、一个虫、一株草、一棵树，她非但各能把它们的名字叫出来，并且连几时孵化，几时他迁，几时鸣叫，几时脱壳，或几时开花，几时结实，花的颜色如何，果的味道如何等，都说得非常有趣而详尽，使我觉得仿佛是在读一部活的桦候脱（G. White）的《赛儿鹏自然史》（*Natural History and Antiquities of Selborne*）。而桦候脱的书，却决没有叙述得她那么朴质自然而富于刺激，因为听听她那种舒徐清澈的语气，看看她那一双天生成像饱使过耐吻胭脂棒般的红唇，更加上以她所特有的那一脸微笑，在知的分子之外还不得不添一种情的成分上去，于书的趣味之上更要兼一层人的风韵在里头。我们慢慢地谈着天，走着路，不上一个钟头的光景，我竟恍恍惚惚，像又回复了青春时代似的完全为她迷倒了。

　　她的身体，也真发育得太完全，穿的虽是一件乡下裁缝做的不大合式的大绸夹袍，但在我的前面一步一步的走去，非但她的肥突的后部，紧密的腰部，和斜圆的胫部的曲线，看得要簇生异想，就是她的两只圆而且软的肩膊，多看一歇，也要使我贪鄙起来。立在她的前面和她讲话哩，则那一双水汪汪的大眼，那一个隆正的尖鼻，那一张红白相间的椭圆嫩脸，和因走路走得气急，一呼一吸涨落得特别快的那个高突的胸脯，又要使我恼杀。还有她那一头不曾剪去的黑发哩，梳的虽然是一个自在的懒髻，但一映到了她那个圆而且白的额上，和短而且腴的颈际，看起来，又格外的动人。总之，我在昨天晚上，不曾在她身上发见的康健和自然的美点，今天因这一回的游山，完全被我观察到了。此外我又在她的谈话之中，证实了翁则生也和我曾经讲到过的她的生性的活泼与天真。譬如我问她今年几岁了？她说，二十八岁。我说这真看不出，我起初还以为你只有二十三四岁，她说，女人不生产是不大会老的。我又问她，对于则生这一回的结婚，你有点什么感触？她说，另外也没有什么，不过以后长住在娘家，似乎有点对不起大哥和大嫂。像这一类的纯粹真率的谈话，我另外还听取了许多许多，她的朴素的天性，真真如翁则生之所说，是一个永久的小孩子的天性。

爬上了龙井狮子峰下的一处平坦的山顶，我于听了一段她所讲的如何栽培茶叶，如何摘取焙烘，与那时候的山家生活的如何紧张而有趣的故事之后，便在路旁的一块大岩石上坐下了。远对着在晴天下太阳光里躺着的杭州城市，和近水远山，我的双眼只凝视着苍空的一角，有半响不曾说话。一边在我的脑里，却只在回想着德国的一位名延生（Jenson）的作家所著的一部小说《野紫薇爱立喀》（*Die Braune Frika*）。这小说后来又有一位英国的作家哈特生（Hodson）摹仿了，写了一部《绿阴》（*Green Mansions*）。两部小说里所描写的，都是一个极可爱的生长在原野里的天真的女性，而女主人公的结果，后来都是不大好的。我沉默着痴想了好久，她却从我背后用了她那只肥软的右手很自然地搭上了我的肩膀。

"你一声也不响的在那里想什么？"

我就伸上手去把她的那只肥手捏住了,一边就扭转了头微笑着看入了她的那双大眼,因为她是坐在我的背后的。我捏住了她的手又默默对她注视了一分钟,但她的眼里脸上却丝毫也没有羞惧兴奋的痕迹出现,她的微笑,还依旧同平时一点儿也没有什么的笑容一样。看了我这一种奇怪的形状,她过了一歇,反又很自然地问我说:

"你究竟在那里想什么?"

倒是我被她问得难为情起来了,立时觉得两颊就潮热了起来。先放开了那只被我捏住在那儿的她的手,然后干咳了两声,最后我就鼓动了勇气,发了一声同被绞出来似的答语:

"我……我在这儿想你!"

"是在想我的将来如何的和他们同住么?"

她的这句反问,又是非常的率真而自然,满以为我是在为她设想的样子。我只好沉默着把头点了几点,而眼睛里却酸溜溜的觉得有点热起来了。

"啊,我自己倒并没有想得什么伤心,为什么,你,你却反而为我流起眼泪来了呢?"

她像吃了一惊似的立了起来问我,同时我也立起来了,且在将身体起立的行动当中,乘机拭去了我的眼泪。我的心地开朗了,欲情也净化了,重复向南慢慢走上岭去的时候,我就把刚才我所想的心事,尽情告诉了她。我将那两部小说的内容讲给了她听,我将我自己的邪心说了出来,我对于我刚才所触动的那一种自己的心情,更下了一个严正的批判,末后,便这样地对她说:

"对于一个洁白得同白纸似的天真小孩,而加以玷污,是不可赦免的罪恶。我刚才的一念邪心,几乎要使我犯下这个大罪了。幸亏是你的那颗纯洁的心,那颗同高山上的深雪似的心,却救我出了这一个险。不过我虽则犯罪的形迹没有,但我的心,却是已经犯过罪的。所以你要罚我的话,就是处我以死刑,我也毫无悔恨。你若以为我是那样卑鄙,而将来永没有改善的希望的话,那今天晚上回去之后,向你大哥母亲,将我的这一种行为宣布了也可以。不过你若以为这是我的一时糊涂,将来是永也不会再犯的话,那请你相信我的誓言,以后请你当我作你大哥一样么的看待,你若有急有难,有不了的事情,我总情愿以死来代替着你。"

当我在对她作这些忏悔的时候,两人起初是慢慢在走的,后来又在路旁坐下了。说到了最后的一节,倒是她反同小孩子似的发着抖,捏住了我的两手,倒入了我的怀里,呜呜咽咽地哭了起来。我等她哭了一阵之后,就拿出了一块手帕来替她揩干了眼泪,将我的嘴唇轻轻地搁到了她的头上。两人偎抱着沉默了好久,我又把头俯了下去,问她,我所说的这段话的意思,究竟明白了没有。她眼看着了地上,把头点了几点。我又追问了她一声:

"那么你承认我以后做你的哥哥了不是?"

她又俯视着把头点了几点,我撒开了双手,又伸出去把她的头捧了起来,使她的脸正对着了我。对我凝视了一会,她的那双泪珠还没有收尽的水汪汪的眼睛,却笑起来了。我乘势把她一拉,就同她搀着手并立了起来。

"好,我们是已经决定了,我们将永久地结作最亲爱最纯洁的兄妹。时候已经不早了,让我们快一点走,赶上五云山去吃午饭去。"

我这样说着,搀着她向前一走,她也恢复了早晨刚出发的时候的元气,和我并排着走向了前面。

两人沉默着向前走了几十步之后,我侧眼向她一看,同奇迹似地忽而在她的脸上看出了一层一点儿忧虑也没有的满含着未来的希望和信任的圣洁的光耀来。这一种光耀,却是我在这一刻以前的她的脸上从没有看见过的。我愈看愈觉得对她生起敬爱的心思来了,所以不知不觉,在走路的当中竟接连着看了她好几眼。本来只是笑嬉嬉地在注视着前面太阳光里的五云山的白墙头的她,因为我的脚步的迟乱,似乎也感觉到了我的注意力的分散了,将头一侧,她的双眼,却和我的视线接成了两条轨道。她又笑起来了,同时也放慢了脚步。再向我看了一眼,她才腼腆地开始问我说:

"那我以后叫你什么呢?"

"你叫则生叫什么,就叫我也叫什么好了。"

"那么——大哥!"

大哥的两字,是很急速地紧连着叫出来的,听到了我的一声高声的"啊!"的应声之后,她就涨红了脸,撒开了手,大笑着跑上前面去了。一面跑,一面她又回转头来,"大哥!""大哥!"的接连叫了我好几声。等我一面叫她别跑,一面我自己也跑着追上了她背后的时候,我们的去路已经变成了一条很窄的石岭,而五云山的山顶,看过去也似乎是很近了。仍复了

平时的脚步,两人分着前后,在那条窄岭上缓步的当中,我才觉得真真是成了她的哥哥的样子,满含着了慈爱,很正经地吩咐她说:

"走得小心,这一条岭多么险啊!"

走到了五云山的财神殿里,太阳刚当正午,庙里的人已经在那里吃中饭了。我们因为在太阳底下的半天行路,口已经干渴得像旱天的树木一样,所以一进客堂去坐下,就教他们先起茶来,然后再开饭给我们吃。洗了一个手脸,喝了两三碗清茶,静坐了十几分钟,两人的疲劳兴奋,都已平复了过去,这时候饥饿却抬起头来了,于是就又催他们快点开饭。这一餐只我和她两人对食的五云山上的中餐,对于我正敌得过英国诗人所幻想着的亚力山大王的高宴,若讲到心境的满足,和谐,与食欲的高潮亢进,那恐怕亚力山大王还远不及当时的我。

吃过午饭,管庙的和尚又领我们上前后左右去走了一圈。这五云山,实在是高,立在庙中阁上,开窗向东北一望,湖上的群山,都像是青色的土堆了。本来西湖的山水的妙处,就在于它的比舞台上的布景又真实伟大一点,而比各处的名山大川又同盆景似地整齐渺小一点这地方。而五云山的气概,却又完全不同了。以其山之高与境的僻,一般脚力不健的游人是不会到的,就在这一点上,五云山已略备着名山的资格了,更何况前面远处,蜿蜒盘曲在青山绿野之间的,是一条历史上也着实有名的钱塘江水呢?所以若把西湖的山水,比作一只锁在铁笼子里的白熊来看,那这五云山峰与钱塘江水,便是一只深山的野鹿。笼里的白熊,是只能满足满足胆怯无力者的冒险雄心的，至于深山的野鹿，虽没有高原的狮虎那么雄壮，但一股自由奔放之情，却可以从它那里摄取得来。

我们在五云山的南面又看了一会钱塘江上的帆影与青山，就想动身上我们的归路了，可是举起头来一望，太阳还在中天，只西偏了没有几分。从此地回去，路上若没有耽搁，是不消两个钟头就能到翁家山上的；本来是打算出来把一天光阴消磨过去的我们，回去得这样的早，岂不是辜负了这大好的时间了么？所以走到了五云山西南角的一条狭路边上的时候，我就又立了下来，拉着了她的手亲亲热热地问了她一声：

"莲，你还走得动走不动？"

"起码三十里路总还可以走的。"

她说这句话的神气，是富有着自信和决断，一点也不带些夸张卖弄的风情，真真是自然到了极点，所以使我看了不得不伸上手去，向她的下巴底下拨了一拨。她怕痒，缩着头颈笑起来了，我也笑开了大口，对她说：

"让我们索性上云楼去罢！这一条是去云楼的便道，大约走下去，总也没有多少路的，你若是走不动的话，我可以背你。"

两人笑着说着，似乎只转瞬之间，已经把那条狭窄的下山便道走尽了大半了。山下面尽是些绿玻璃似的翠竹，西斜的太阳晒到了这条坞里，一种又清新又寂静的淡绿色的光同清水一样，满浸在这附近的空气里在流动。我们到了云楼寺里坐下，刚喝完了一碗茶，忽而前面的大殿上，有嘈杂的人声起来了，接着就走进了两位穿着分外宽大的黑布和尚衣的老僧来。知客僧便指着他们夸耀似地对我们说：

"这两位高僧，是我们方丈的师兄，年纪都快八十岁了，是从城里某公馆里回来的。"

城里的某巨公，的确是一位佞佛的先锋，他的名字，我本系也听见过的，但我以为同和尚来谈这些俗天，也不大相称，所以就把话头扯了开去，问和尚大殿上的嘈杂的人声，是为什么而起的。知客僧轻鄙似地笑了一笑说：

"还不是城里的轿夫在敲酒钱？轿钱是公馆里付了来的，这些穷人心实在太凶。"这一个伶俐世俗的知客僧的说话，我实在听得有点厌起来了，所以就要求他说；

"你领我们上寺前寺后去走走罢？"

我们看过了"御碑"及许多石刻之后，穿出大殿，那几个轿夫还在咕噜着没有起身。我一半也觉得走路走得太多了，一半也想给那个知客僧以一点颜色看看，所以就走了上去对轿夫说：

"我给你们两块钱一个人，你们抬我们两人回翁家山去好不好？"

轿夫们喜欢极了，同打过吗啡针后的鸦片嗜好者一样，立时将态度一变，变得有说有笑了。

知客僧又陪我们到了寺外的修竹丛中，我看了竹上的或刻或写在那里的名字诗句之类，心里倒有点奇怪起来，就问他这是什么意思。于是他也同轿夫他们一样，笑迷迷地对我说了一大串话。我听了他的解释，倒也觉得非常有趣，所以也就拿出了五圆纸币，递给了他，说：

"我们也来买两枝竹放放生罢！"

说着我就向立在我旁边的她看了一眼，她却正同小孩子得到了新玩意儿还不敢去抚摸的一样，微笑着靠近了我的身边轻轻地问我：

"两枝竹上，写什么名字好？"

"当然是一枝上写你的，一枝上写我的。"

她笑着摇摇头说：

"不好，不好，写名字也不好，两个人分开了写也不好。"

"那么写什么呢？"

"只教把今天的事情写上去就对。"

我静立着想了一会，恰好那知客僧向寺里去拿的油墨和笔也已经拿到了。我拣取了两株并排着的大竹，提起笔来，就各写上了"郁翁兄妹放生之竹"的八个字。将年月日写完之后，我搁下了笔，回头来问她这八个字怎么样，她真像是心花怒放似的笑着，不说话而尽在点头。在绿竹之下的这一种她的无邪的憨态，又使我深深地，深深地受到了一个感动。

坐上轿子，向西向南的在竹荫之下走了六七里坂道，出梵村，到闸口西首，从九溪口折入九溪十八涧的山坳，登杨梅岭，到南高峰下的翁家山的时候，太阳已经悬在北高攀与天竺山的两峰之间了。她们的屋里，早已挂上了满堂的灯彩，上面的一对红灯，也已经点尽了一半的样子。嫁妆似乎已经在新房里摆好，客厅上看热闹的人，也早已散了。我们轿子一到，则生和他的娘，就笑着迎了出来，我付过轿钱，一踱进门槛，他娘就问我说：

"早晨拿出去的那支手杖呢？"

我被她一问，方才想起，便只笑着摇摇头对她慢声地说：

"那一支手杖么——做了我的祭礼了。"

"做了你的祭礼？什么祭礼？"

则生惊疑似地问我。

"我们在狮子峰下，拜过天地，我已经和你妹妹结成了兄妹了。那一支手杖，大约是忘记在那块大岩石的旁边的。"

正在这个时候，先下轿而上楼去换了衣服下来的他的妹妹，也嬉笑着，走到了我们的旁边。则生听了我的话后，就也笑着对他的妹妹说：

"莲，你们真好！我们倒还没有拜堂，而你和老郁，却已经在狮子峰拜过天地了，并且还把我的一支手杖忘掉，作了你们的祭礼。娘！你说这事情应怎么罚罚他们？"

经他这一说，说得大家都笑了起来，我也情愿自己认罚，就认定后日饮房，算作是我一个人的东道。

这一晚翁家请了媒人，及四五个近族的人来吃酒，我和新郎官，在下面奉陪。做媒人的那位中老乡绅，身体虽则并不十分肥胖，但相貌态度，却也是很裕富的样子。我和他两人干杯，竟干满了十八九杯。因酒有点微醉，而日里的路，也走得很多，所以这一晚睡得比前一晚还要沉熟。

九月十二的那一天结婚正日，大家整整忙了一天。婚礼虽系新旧合参的仪式，但因两家都不喜欢铺张，所以，百事也还比较简单。午后五时，新娘轿到，行过礼后，那位好好先生的媒人硬要拖我出来，代表来宾，说几句话。我推辞不得，就先把我和则生在日本念书时候的交情说了一说，末了我就想起了则生同我说的迟桂花的好处，因而就抄了他的一段话来恭祝他们：

"则生前天对我说，桂花开得愈迟愈好，因为开得迟，所以经得日子久。现在两位的结婚，比较起平常的结婚年龄来，似乎是觉得大一点了，但结婚结得迟，日子也一定经得久。明年迟桂花开的时候，我一定还要上翁家山来。我预先在这儿计算，大约明年来的时候，在这两株迟桂花的中间，总已经有一枝早桂花发出来了。我们大家且等着，等到明年这个时候，再一同来吃他们的早桂的喜酒。"

说完之后，大家就坐拢来吃喜酒。猜猜拳，闹闹房，一直闹到了半夜，各人方才散去。当这一日的中间，我时时刻刻在注意着偷看则生的妹妹的脸色，可是则生所说而我也曾看到过的那一种悲寂的表情，在这一日当中却终日没有在她的脸上流露过一丝痕迹。这一日，她笑的时候，真是乐得难耐似的完全是很自然的样子。因了她的这一种心情的反射的结果，我当然可以不必说，就是则生与他的母亲，在这一日里，也似乎是愉快到了极点。

因为两家都喜欢简单成事的缘故，所以三朝回郎等繁褥的礼节，都在十三那一天白天行完了，晚上饮房，总算是我的东道。则生虽则很希望我在他家里多住几日，可以和他及他的妹妹谈谈笑笑，但我一则因为还有一篇稿子没有做成，想另外上一个更僻静点的地方去做文章，二则我觉得我这一次吃喜酒的目的也已经达到了，所以在饮房的翌日，就离开翁家山去乘早上的特别快车赶回上海。

　　送我到车站的,是翁则生和他的妹妹两个人。等开车的信号钟将打,而火车的机关头上在吐白烟的时候,我又从车窗里伸出了两手,一只捏着了则生,一只捏着了他的妹妹,很重很重地捏了一回,汽笛鸣后,火车微动了,他们兄妹俩又随车前走了许多步,我也俯出了头,叫他们说:

　　"则生!莲!再见,再见!但愿得我们都是迟桂花!"

　　火车开出了老远老远,月台上送客的人都回去了,我还看见他们兄妹俩直立在东面月台篷外的太阳光里,在向我挥手。

一九三二年十月在杭州写

　　读者注意!这小说中的人物事迹,当然都是虚拟的,请大家不要误会。
作者附注

东梓关

  一夜北风,院子里的松泥地上,已结成了一层短短的霜柱,积水缸里,也有几丝冰骨凝成了。从长年飘泊的倦旅归来,昨晚上总算在他儿时起居惯的屋栋底下,享受了一夜安眠的文朴,从楼上起身下来,踏出客堂门,上院子里去一看,陡然间却感到了一身寒冷。
  "这一区江滨的水国,究竟要比半海洋性的上海冷些。"
  瞠目呆看着晴空里的阳光,正在这样凝想着的时候,从厨下刚走出客堂里来的他那年老的娘,却忽而大声地警告他说:
  "朴,一侵早起来,就站到院子里去干什么?今天可冷得很哩!快进来,别遭了凉!"
  文朴听了她这仍旧是同二十几年前一样的告诫小孩子似的口吻,心里头便突然间起了一种极微细的感触,这正是有些甜苦的感触。眼角上虽渐渐带着了潮热,但面上却不能自已地流露出了一脸微笑,他只好回转身来,文不对题地对他娘说:
  "娘!我今天去就是,上东梓关徐竹园先生那里去看一看来就是,省得您老人家那么的为我担心。"
  "自然啦,他的治吐血病是最灵也没有的,包管你服几帖药就能痊愈。那两张钞票，你总收藏好了罢？要是不够的话，我这里还有。"

"哪里会得不够呢。我自己也还有着，您放心好了，我吃过早饭，就上轮船局去。"

"早班轮船怕没有这么早。你先进来吃点点心，回头等早午饭烧好，吃了再去，也还来得及哩。你脸洗过了没有？"

洗了一洗手脸，吃了一碗开水冲蛋，上各处儿时走惯的地方去走了一圈回来，文朴的娘已经摆好了四碗蔬菜，在等他吃早午饭。短促的冬日，在白天的时候也实在短不过，文朴满以为还是早晨的此刻，可是一坐下来吃饭，太阳却早已经晒到了那间朝南的客堂的桌前，看起来大约总也约莫有了十点多钟的样子。早班轮船是早晨七点从杭州开来的，到埠总在十一点左右，所以文朴的这一顿早午饭，自然是不能吃得十分从容。倒是在上座和他对酌的他那年老的娘，看他吃得太快了，就又宽慰他说：

"吃得这么快干什么？早班轮赶不着，晚班的总赶得上的，当心别噎嗝起来！"

依旧是同二十几年前对小孩子说话似的那一种口吻。

刚吃完饭，擦了擦脸，文朴想站起来走了，他娘却又对他叮嘱着说：

"我们和徐竹园先生，也是世交，用不着客气的。你虽则不认得他，可是到了那里，今天你就可以服一帖药，就在徐先生的春和堂里配好，托徐先生家里的人代你煎煎就对。……"

"好，好，我晓得的。娘，您慢用罢，我要走了。"

正在这个时候，轮船报到的汽笛声，也远远地从江面上传了过来。

这小县城的码头上，居然也挤满了许多上落的行旅客商和自乡下来上城市购办日用品的农民，在从码头挤上船去的一段浮桥上，文朴也遇见了许多儿时熟见的乡人的脸。汽笛重叫了一声，轮船离埠开行之后，文朴对着了渐渐退向后去的故乡的一排城市人家，反吐了一口如释重负似的深长的气。因为在外面飘泊惯了，他对于小时候在那儿生长，在旅途中又常在想念着的老巢，倒在感到一种莫名其妙的压迫。一时重复身入了舟车游旅的中间，反觉得是回到了熟悉的故乡来的样子。更况且这时候包围在他坐的那只小轮船的左右前后的，尽是些蓝碧的天，澄明的水，和两岸的青山红树，江心的暖日和风；放眼向四周一望，他觉得自己譬如是一只在山野里飞游惯了的鸟，又从狭窄的笼里飞出，飞回到大自然的怀抱里来了。

东梓关在富春江的东岸，钱塘江到富阳而一折，自此以上，为富春江，已经将东西的江流变成了南北的向道。轮船在途中停了一二处，就到了东梓关的埠头。东梓关虽则去县城只有三四十里路程，但文朴因自小就在外面飘流，所以只在极幼小的时候因上祖坟来过一次之外，自有确实的记忆以后却从还没有到过这一个在他们的故乡也是很有名的村镇。

江上太阳西斜了，轮船在一条石砌的码头上靠了岸。文朴跟着几个似乎是东梓关附近土著的农民上岸之后，第一就问他们，徐竹园先生是住在哪里的。

"徐竹园先生吗？就是那间南面的大房子！"

一个和他一道上岸来的农民在岸边站住了，用了他那双苍老曲屈的手指，向南指点了一下。

文朴以手遮着日光，举头向南一看，只看出了几家疏疏落落的人家和许多树叶脱尽的树木来。因稻已经收割净了，空地里草场上，只堆着一堆一堆的干稻草在那里反射阳光。一处离埠头不远的池塘里，游泳着几只家畜的鸭，时而一声两声地在叫着。池塘边上水浅的地方，还浸着一只水牛，在水面上擎起了它那个两角峥嵘的牛头，和一双黑沉沉的大眼，静静儿地在守视着从轮船上走下来的三五个行旅之人。村子里的小路很多，有些是石砌的，有些是黄泥的，只有一条石板砌成的大道，曲折横穿在村里的人家和那池塘的中间，这大约是官道了；文朴跟着了那个刚才教过他以徐先生的住宅的农夫，就朝南顺着了这一条大道走向前去。

东梓关的全村，大约也有百数家人家，但那些乡下的居民似乎个个都很熟识似的。文朴跟了农夫走不上百数步路，却听他把自哪里来为办什么事去的历史述说了一二十次，因为在路上遇见他的人，个个都以同样的话问他一句，而他总也一边前进，一边以同样的话回答他们。直到走上了一处有四五条大小的叉路交接的地方，他的去路似乎和文朴的不同了，高声一喊，他便喊住了一位在一条小路上慢慢向前行走的中老农夫，自己先说了一遍自何处来为办什么事而去的历史，然后才将文朴交托了他，托他领到徐先生的宅里。他自己就顺着大道，向前走了。

徐竹园先生的住宅，果然是近邻中所少见的最大的一所，但墙壁梁栋，也都已旧了，推想起来，大约总也是洪杨战后所筑的旧宅无疑。文朴到了徐家屋里，由那中老农夫进去告诉了一声，等了一会，就走出来了一位面貌清秀，穿长衫作学生装束的青年。听取了文朴的自己介绍和来意以后，他就很客气地领他进了一间光线不十分充足的厢房。这时候的时刻虽则已进了午后，可是门外面的晴冬的空气，干燥得分外鲜明，平西的太阳光线，也还照耀得辉光四溢，而一被领进到了这一间分明是书室兼卧房的厢房的中间，文朴觉得好像已经是寒天日暮的样子了。厢房的三壁，各摆满了许多册籍图画，一面靠壁的床上陈设着看一个长方的紫檀烟托，和一盏小小的油灯。文朴走到了床铺的旁边，躺在床上刚将一筒烟抽完的徐竹园先生也站起来了。

"是朴先生么？久仰久仰。令堂太太的身体近来怎么样？请躺下去息息罢，轮船里坐得不疲乏么？彼此都不必客气，就请躺下去息息，我们可以慢慢地谈天。"

竹园先生总约莫有五十岁左右了，清癯的面貌，雅洁的谈吐，绝不像是一个未见世面的乡下先生。文朴和他夹着烟盘躺下去后，一边在看他烧装捏吸，一边也在他停烧不吸的中间，听取了许多关于他自己当壮年期里所以要去学医的由来。

东梓关的徐家，本来是世代著名的望族，在前清嘉道之际，徐家的一位豪富，也曾在北京任过显职，嗣后就一直没有脱过科甲。竹园先生自己年纪轻的时候，也曾做过救世拯民的大梦，可是正当壮年时期，大约是因为用功过了度，在不知不觉的中间，竟尔染上了吐血的宿疾，于是大梦也醒了，意志也灰颓了，翻然悔悟，改变方针，就于求医采药之馀，一味地看看医书，试试药性，像这样的生活，到如今已经过了二十多年了。

"就是这一口烟……"

徐竹园先生继续着说：

"就是这一口烟，也是那时候吸上的。病后上的瘾，真是不容易戒绝，所以我劝你，要根本的治疗，还是非用药石不行。"

世事看来，原是塞翁之马，徐竹园先生因染了疾病，才绝意于仕进，略有馀闲，也替人家看看病，自己读读书，经管经管祖上的遗产；每年收入，薄有盈馀，就在村里开了一家半施半卖的春和堂药铺。二十年来大局尽变，徐家其他的各房，都因宦途艰险，起落无常之故，现在已大半中落了，可是徐竹园先生的一房，男婚女嫁，还在保持着旧日的兴隆，他的长子，已生下了孙儿，两代见面了。

文朴静躺在烟铺的一旁，一边在听着徐竹园先生的述怀，一边也暗自在那里下这样的结论；忽而前番引领他进来的那位青年，手里拿了一盏煤油灯走进了房来，并且报告着说：

"晚饭已经摆上了！"

徐竹园先生从床上立了起来，整整衣冠，陪文朴走上厅去的中间，文朴才感到了乡下生活的悠闲，不知不觉，在烟盘边一躺却已经有三四个钟头飞驰过去了。丰盛的一餐夜饭吃完之后，自然地就又走回到了烟铺。竹园先生的兴致愈好了，饭后的几筒烟一抽，谈话就转到了书版掌故的一方面去。因为文朴也是喜欢收藏一点古书骨董之类的旧货的，所以一谈到了这一方面，他的精神，也自然而然地振作了一下。

竹园先生更取出了许多收藏的砖砚，明版的书籍，和傅青主手写的道情卷册来给文朴鉴赏。文朴也将十几年来在外面所见过的许多珍彝古器的大概说给了徐先生听。听到了欧战期间巴黎博物院里保藏古物的苦心的时候，竹园先生竟以很新的见解，发表了一段反对战争的高论。为证明战争的祸患无穷，与只有和平的老百姓受害独烈的实际起见，他最后又说到了这东梓关地方的命名的出处。

东梓关本来是叫作"东指关"的，吴越行军，到此暂驻，顺流直下，东去就是富阳山嘴，是一个天然的关险，是以行人到此，无不东望指关，因而有了这一个名字。但到了明末，倭寇来侵，江浙沿海一带，处处都遭了蹂躏，这儿一隅，虽然处在内地，可是烽烟遍野，自然也民不安居。忽而有一天晚上，大兵过境，将此地土著的一位农民强拉了去。他本来是一个独子，父母都已经去世了，只剩下两位弱妹，全要凭他的力田所入，来养活三人的。哥哥被拉了去后的两位弱妹，当然是没有生路了，于是只有朝着东方她们哥哥被拉去的方向，举手狂叫，痛哭悲号，来减轻她们的忧愁与恐怖。这样地哭了一日一夜，眼睛里哭出血来了，突然间天上就起了狂风，将她们的哭声远送到了她们哥哥的耳里。她们哥哥这时候正被铁链锁着，在军营里服牛马似的苦役。大风吹了一日一夜，他流着眼泪，远听她们的哭声也听了一日一夜。直到第三天的天将亮的时候，他拖着铁链，爬到了富春江下游的钱塘江岸，纵身一跳，竟于狂风大雨之中跳到了正在涨潮的大江心里。同时他的两位弱妹，也因为哭了二日二夜，眼睛里的血也流完了之故，于天将亮的时候在"东指关"的江边，跳到水里去了。第三天天晴风息，"东指关"的住民早晨起来一看，附近地方的树头，竟因大风之故，尽曲向了东方。当时这里所植的都是梓树，所以以后，地名就变作了东梓关。过了几天，潮退了下去，在东梓关西面的江心里，忽然现出了两大块岩石来。在这两大块岩石旁边，他们兄妹三人的尸体却颜色如生地静躺在那里，但是三人的眼睛，都是哭得红肿不堪的。

"那两大块岩石，现在还在那里，可惜天晚了，不能陪你去看……"

徐竹园先生慢慢地说：

"我们东梓关人，以后就把这一堆岩石称作了'姊妹山'。现在岁时伏腊，也还有人去顶礼膜拜哩！战争的毒祸，你说厉害不厉害？"

将这一大篇故事述完之后，竹园先生就又大口地抽了两口烟，咕的喝了一口浓茶。点上一枝雪茄，放到嘴里衔上了，他就坐了起来对文朴说：

"现在让我来替你诊脉罢！看你的脸色，你那病还并没有什么不得了的。"

伏倒了头，屏绝住气息，他轻一下重一下地替文朴按了约莫有三十分钟的脉，又郑重地看了一看文朴的脸色和舌苔，他却好像已经得到了把握似地欢笑了起来：

"不要紧，不要紧，你这病还轻得很呢！我替你开两个药方,一个现在暂时替你止血,一个你以后可以常服的。"

　　说了这几句话后,他又凝神展气地向洋灯注视了好几分钟,然后伸手磨墨,预备写下那两张药方来了。

　　这时候时间似乎已经到了夜半,沉沉的四壁之内,文朴只听见竹园先生磨墨的声音响得很厉害。时而窗外面的风声一动,也听得见一丝一丝远处的犬吠之声,但四面却似乎早已经是睡尽了。文朴一个人坐在竹园先生的背后,在这深夜的沉寂里静静地守视着他这种聚精会神的神气,和一边咳嗽一边伸纸呒笔的风情,心里头却自然而然地起了一种畏敬的念头。

　　"啊啊,这的确是名医的风度!"

　　文朴在心里想:

　　"这的确是名医的样子,我的病大约是有救药了。"

　　竹园先生把两个药方开好了,搁下了笔,他又重将药方仔细检点了一遍。文朴立起来走向了桌前,接过药方,就弓身道了个谢,旋转身又和竹园先生躺下在烟盘的两旁。竹园先生又抽了几口之后,厅上似乎起了一点响动,接着就有人送点心进来了,是热烘烘的一壶酒,四碟菜,两碗面。文朴因为食欲不佳,所以只喝了一杯酒就搁下了筷,在陪着竹园先生进用饮食的当中,他却忍不住地打了两个呵欠。竹园先生看见了,向房外叫了一声,白天的那位青年就走了进来,执着灯陪文朴进了一间小小的客房。

　　文朴睡不上几个钟头,街外面已经有早起的农人起来了,一睡醒后,他第二觉是很不容易睡着的,撩起帐子来一看,窗外面似乎依旧是干燥的晴天。他张开眼想了一想,就匆匆地披衣着袜,起身走出了卧床。徐家的上下,除打洗脸水来的佣人之外,当然是全家还在高卧。文朴问佣人要了一副纸笔,向竹园先生留下了一张打扰告罪的字条,便从徐家走了出来。因为下水的早班轮船,是于八点前后经过东梓关埠头的,他就想乘了这班早班,重回到他老母的身边去,在徐家服药久住,究竟觉得有点不便。

屋外面的空气着实有点尖寒的难受,可是静躺在晴冬的朝日之下的这东梓关的村景,却给与了文朴以不能忘记的印象。

一家一家的瓦上,都盖上了薄薄的晨霜。枯树枝头,也有几处似金钢石般地在反射着刚离地平线不远的朝阳光线。村道上来往的人,并不见多,但四散着的人家烟突里,却已都在放出同天的颜色一样的炊烟来了。隔江的山影,因为日光还没有正射着的缘故,浓黑得可怕,但朝南的一面旷地里,却已经洒满了金黄的日色和长长的树影之类。文朴走到了江边,埠头还不见有一个候船的人在等着,向一位刚自江里挑了一担水起来的工人问了一声,知道轮船的到来,总还有一个钟头的光景。

文朴呆呆地在埠头立了几分钟,举头便向徐竹园先生的那所高大的房屋一望,看见他们的朝东的一道白墙头上,也已经晒上了太阳了。

"大约像他老先生那样舒徐浑厚的人物,现在总也不多了罢?这竹园先生,也许是旧时代的这种人物的最后一个典型!"

心里这样的想着,他脑里忽而想起了昨晚上所谈的一宵闲话。

"像这一种夜谈的情景,却也是不可多得的。龚定庵所说的'小屏红烛话冬心',趣味哪里有这样的悠闲隽永。"

"小屏——红烛——话——冬心!" "小屏——红烛——话——冬心!"茫然在口里这样轻轻念了几句,他的面前,却忽而又闪出了一个年纪很轻的挑水的人来。那少年对他望了几眼,他倒觉得有点难为情起来了,踏上了一步,就只好借点因头来遮盖遮盖自己的那一种独立微吟的蠢相。

"小弟弟,要看姊妹山,应该是怎么样的走的?"

"只教沿着岸边,朝上直跑上去就对。"

"谢谢你!"

文朴说了这一句谢词,沿江在走向姊妹山去的中间,那少年还呆立在埠头的朝阳里,在默视着这位疯不像疯,痴不像痴的清瘦的中年人的背影。

一九二三年九月

出 奔

一、避难

金华江曲折西来,衢江游龙似地北下,两条江水会合的洲边,数千年来,就是一个闾阎扑地、商贾云屯的交通要市。居民约近万家,桅樯终年林立,有水有山,并且还富于财源;虽只弹丸似的一区小市,但从军事上、政治上说来,在一九二七年的前后,要取浙江,这兰溪县倒也是钱塘江上游不得不先夺取的第一军事要港。

国民革命军东出东江,传檄而定福建,东路北伐先锋队将迫近一夫当关,万夫莫敌的仙霞岭下的时候,一九二六年的馀日剩已无多。在军阀蹂躏下的东浙农民,也有点蠢蠢思动起来了。

每次社会发生变动的开头,普遍流行在各地乡村小市的事状经过,大约总是一例的;最初是军队的过境,其次是不知出处的种种谣传的流行,又其次是风信旗一样的那些得风气之先的富户的迁徙。这些富户的迁徙程序,小节虽或有点出入,但大致总也是刻版式的；省城及大都市的首富，迁往洋场，小都市的次富，迁往省城或大都市，乡下的土豪，自然也要迁往附近的小都市，去避一时的风雨。

当董玉林雇了一只小船，将箱笼细软装满了中舱，带着他的已经有半头白发的老妻，和他所最爱，已经在省城进了一年师范学校的长女婉珍，及十三岁的末子大发，与养婢爱娥等悄悄离开土著的董村，扬帆北去，上那两江合流的兰溪县城去避难的时候，迟明的冬日，已经挂上了树梢，满地的浓霜，早在那里放水晶似的闪光了。船将离岸的一刻，董玉林以棉袍长袖擦着额上的急汗，还絮絮叨叨，向立在岸上送他们出发替他们留守的长工，嘱咐了许多催款，索利，收取花息的琐事；他随船摆动着身体，向东面看看朝阳，看看两岸的自己所有的田地山场，只在惋惜，只在微叹。等船行了好一段，已经看不见董村附近的树林田地了之后，他方才默默地屈身爬入了舱里。

董玉林家的财产，已经堆积了两代了。他的父亲董长子自长毛营里逃回来的时候，大家都说他是发了一笔横财来的；那时候非但董玉林还没有生，就是董玉林的母亲，也还在邻村的一家破落人家充作蓬头赤足的使婢。蔓延十馀省，持续近二十年的洪杨战争后的中国农村，元气虽则丧了一点，但一则因人口不繁，二则因地方还富，恢复恢复，倒也并不十分艰难。董长子以他一身十八岁的膂力，和数年刻苦的经营，当董玉林生下地来的那一年，已经在董村西头盖起了一座三开间的草屋，垦熟了附近三十多亩地的沙田了。那时候况且田赋又轻，生活费用又少，终董长子的勤俭的一生之所积，除田地房屋等不动产不计外，董玉林于董长子死后，还袭受了床头土下埋藏起来的一酒瓮雪白的大花边。

董玉林的身体虽则没有他父亲那么高，可是团团的一脸横肉，四方的一个肩背，一双同老鼠眼似的小眼睛，以及朝天的那个狮子鼻，和鼻下的一张大嘴，两撇鼠须，看起来简直是董长子的只低了半寸的活化身，他不但继承了董长子的外貌，并且同时也继承了董长子的鄙吝刻苦的习性。当他十九岁的时候，董长子于垂死之前，替他娶了离开董村将近百里地的上塘村那一位贤媳妇后，董长子在临终的床上口眼闭得紧紧贴贴，死脸上并且还呈露了一脸笑容；因为这一位玉林媳妇的刮削刻薄的才能，虽则年纪轻轻，倒反远出在老奸的公公之上。据村里的传说，说董长子的那一瓮埋藏，先还不肯说出，直等断气之后，又为此活转来了一次，才轻轻地对他的媳妇说的。

董长子死后，董玉林夫妇的治世工作开始了；第一着，董玉林就减低了家里那位老长工的年俸，本来是每年制钱八千文的工资，减到了七千。沙地里种植的农作物，除每年依旧的杂粮之外，更添上了些白菜和萝卜的野蔬；于是那一个长工，在交冬以后，便又加了一门挑担上市集去卖野蔬的日课。

董玉林有一天上县城去卖玉蜀黍回来，在西门外的旧货铺里忽而发见了一张并不十分破漏的旧网；他以极低廉的价格买了回来，加了一番补缀，每天晚上，就又可以上江边去捕捉鱼虾了；所以在长工的野蔬担头，有时候便会有他老婆所养的鸡子生下来的鸡蛋与鱼虾之类混在一道。

照董村的习惯，农忙的夏日，每日须吃四次，较清闲的冬日,每日也要吃三次粥饭的;董长子死后,董玉林以节省为名,把夏日四次的饮食改成了三次,冬日的三餐缩成了两次或两次半;所谓半餐者,就是不动炉火,将剩下来的粥饭胡乱吃一点充饥的意思。

董长子死后的第二年,董村附近一带于五月水灾之馀,入秋又成了旱荒。村内外的居民卖儿鬻女,这年的冬天,大家都过不来年。玉林夫妇外面虽也在装作愁眉苦眼,不能终日的样子,但心里却在私私地打算,打算着如何地趁此机会,来最有效力地运用他们父亲遗下来的那一瓮私藏。

最初先由玉林嫂去尝试,拿了几块大洋,向尚有田产积下的人家去放年终的急款,言明两月之后,本利加倍偿还,若付不出现钱的时候,动用器具,土地使用权,小儿女的人身之类,都可以作抵,临时估价定夺。经过了这一年放款的结果,董玉林夫妇又发现了一条很迅速的积财大道了;从此以后,不但是每年的年终董玉林家门口成了近村农民的集会之所,就是当青黄不接,过五月节八月节的时候,也成了那批忠厚老实家里还有一点薄产的中小农的血肉的市场。因为口干喝盐卤,重利盘剥的恶毒,谁不晓得,但急难来时,没有当铺,没有信用小借款通融的乡下的农民,除走这一条极路外,更还有什么另外的法子?

狲狲手里的果子,有时候也会漏缝,可是董家的高利放款,却总是万无一失,本利都捞得回来的。只须举几个小例出来,我们就可以见到董玉林夫妇讨债放债的本领。原来董村西北角土地庙里一向是住有一位六十来岁的老尼姑,平常老在村里卖卖纸糊锭子之类，看去很像有一点积贮的样子。她忽而伤了风病倒了，玉林嫂以为这无根无蒂的老尼死后，一笔私藏，或可以想法子去横领了来，所以闲下来的时候，就常上土地庙去看她的病，有时候也带点一钱不值的礼物过去。后来这老尼的病愈来愈重了，同时村里有几位和她认识的吃素老婆婆，就劝她拿点私藏出来去抓几剂药服服，但她却一口咬定没有馀钱可以去求医服药。有一次正在争执之际，恰巧玉林嫂也上庵里看老尼姑的病了，听了大家的话，玉林嫂竟毫不迟疑，从布裾袋里掏出了两块钱来说："老师父何必这样的装穷？你舍不得花钱，我先替你代垫了吧！"说着，就把这两块钱交给了一位吃素老婆婆去替老尼请医买药。大家于齐声赞颂玉林嫂的大度之馀，就分头去替老尼服务去了。可是事不凑巧，老尼服了几剂药，又挨了半个多月之后，终于断了气死了。玉林嫂听到了这个消息，就丢下了正在烧的饭锅，一直地跑到了庙里。先将老尼的尸身床边搜索了好大半天，然后又在地下壁间破桌底里，发掘了个到底，搜寻到了傍晚，眼见得老尼有私藏的风说是假的了，她就气忿忿地守在庙里，不肯走开。第二天早晨，村里的有志者一角二角地捐集了几块钱，买就了一具薄薄的棺材来收殓老尼的时候，玉林嫂乘众人不备的当中，一把抢了棺材盖子就走。众人追上去问她是何道理，她就说老尼还欠她两块钱未还，这棺材盖是要拿去抵账的。于是再由众人集议，只好再是一角二角地凑集起来，合成了两块钱的小洋去向玉林嫂赎回这具棺材盖子。但是收殓的时候，玉林嫂又来了，她说两块钱的利子还没有，硬自将老尼身上的一件破棉袄剥去了充当半个月的利息,结果,老尼只穿了一件破旧的小衫,被葬入了地下。

还有一个小例,是下村阿德老头的一出悲喜剧。阿德老头一生不曾结过婚;年轻的时候,只帮人种地看牛,赚几个微细的工资,有时也曾上邻村去当过长工。他半生节衣缩食,一共省下了二三十块钱来买了两亩沙地,在董玉林的沙田之旁。现在年纪大了,做不动粗工了,所以只好在自己的沙地里搭起了一架草舍,在那里等待着死,因为坐吃山空,几个零钱吃完了,故而在那一年的八月半向董玉林去借了一块大洋来过节。到了这一年的年终,董玉林就上阿德的草舍里去坐索欠款的本利,硬要阿德两亩沙地写卖给他,阿德于百般哀告之后,董玉林还是不肯答应,所以气急起来,只好含着老泪奔向了江边说:"玉林吓玉林,你这样地逼我,我只好跳到江里去寻死了!"董玉林拿起一枝竹竿,追将上来,拼命地向阿德后面一推,竟把这老头挤入到了水里。一边更伸长了竹竿,一步一步地将阿德推往深处,一边竖起眉毛,咬紧牙齿,又狠狠地说:"你这老不死,欠了我的钱不还,还要来寻死寻活么?我率性送了你这条狗命!"末了,阿德倒也有点怕起来了,只好大声哀求着说:"请你救救我的命罢!我写给你就是,写给你就是!"这一出喜剧,哄动了远近的村民都跑了过来旁看热闹。结果,董玉林只找出了十几块钱,便收买了阿德老头的那两亩想听作丧葬本用的沙地。

董玉林夫妇对于放款积财既如此的精明辣手,而自奉也十分的俭约。譬如吃烟罢,本来就是一件不必要的奢侈,但两人在长夜的油灯光下，当计算着他们的出入账目时，手空不过，自然也要弄一枝烟管来咬咬。单吸烟叶，价目终于太贵，于是他们就想出了一个方法，将艾叶蓬蒿及其他的杂草之类，晒干了和入在烟叶之内。火柴买一盒来之后，也必先施一番选择，把杆子粗的火柴拣选出来，用刀劈作两分三分，好使一盒火柴收作盒半或两盒的效用。

董家的财产自然愈积愈多了，附近的沙田山地以及耕牛器具之类，半用强买半用欺压的手段，收集得比董长子的时代增加到了三四倍的样子。但是不能用馀钱买，也不能用暴力得的儿子女儿，在他们结婚后的七年之中，却生一个死一个地死去了五个之多。同村同姓的闲人等，当冬天农事之暇，坐上香火炉前去烤榾柮火，谈东邻西舍的闲天的时候，每嗤笑着说："这一对鬼夫妻，吮吸了我们的血肉还不够，连自己的骨肉都吮吸到肚里去了；我们且张大着眼睛看罢！看他们那一分恶财，让谁来享受！"这一种田地被他们剥夺去了以后的村人的毒语，董玉林夫妇原也是常有得听到；而两夫妇在半夜里于打算盘上流水账上得疲倦的时候，也常常要突地沉默着回过头来看看自家的影子，觉得身边总还缺少一点什么。于是玉林嫂发心了，要想去拜拜菩萨，求求子嗣；董玉林也想到了，觉得只有菩萨可以使他们的心愿满足实现。

但是他们上远处去烧香拜佛，也不是毫无打算地出去的。第一总得先预备半年，积贮了许多本地的土货，好教一船装去，到有灵验的庙宇所在地去卖。第二，船总雇的是回头便船，价钱可以比旁人的贱到三分之二；并且杀到了这一个最低船价之后,有时候还要由他们自己去兜集几个同行者来,再向这些同行者收集些搭船的船钞。所以别人家去烧香拜佛,总是去花一笔钱在佛门弟子身上的,独有董玉林夫妇的烧香拜佛,却往往要赚出一笔整款来,再去加增他们的放重利的资本。并且他们的自奉的俭约,有时候也往往会施行到菩萨的头上。譬如某大名刹的某某菩萨,要制一件绣袍的时候,这事情,总是由大善士董玉林夫妇去为头写捐的回数多。假使一件绣袍要大洋五十圆的话,他们总要去写集起七十圆的总款,才兹去作,而做绣袍的店里,也对董大善士特别的肯将就,肯客气,倘使别人去定,要五十圆一件的绣袍,由董大善士去定,总可以让到三十五圆或竟至三十圆左右。因为董大善士市面很熟悉,价格都知道,这倒还不算稀奇,最取巧的,是董大善士能以半价去买到是与原定上货一样好看的次货来充材料,而材料的尺寸又要比原定的尺寸短小一点,虽然庙祝在替菩萨穿上身去的时候,要多费一点力,但董大善士的旅费,饮食费,交际费,却总可以包括在内了。

董大善士更因为老发起这一种工程浩大的善举之故,所以四乡结识的富绅地主也特别的多。这些富绅地主,到了每年的冬天,拿出钱来施米施衣,米票钱票,总要交一大把给董大善士,托他们夫妇在就近的乡间去酌量施散。故而每年冬天非但董玉林夫妇的近亲戚属,以及自家家里的长工短工,都能受到董大善士的恩惠,就是董大善士养在家里的猪羊鸡犬,吃的也都是由米票向米店去换来的糠糜。至于棉衣呢,有时候也会钻到他们夫妇的被里去变了胎,有时候也会上他们自己雇的短工的人家去变作了来年农忙时候的一工两工的工资的预付。

最有名的董氏夫妇的一件善举,是在那一年村里有瘟疫之后的施材。董玉林向城里的善堂去领了一笔款来之后,就雇工动手作了十几具棺木,寄放在董氏的家庙里待施。木头都是近村山上不费钱去斫来的松木,而棺材匠也是临时充数,只吃饭不拿钱的邻村的木匠。凡须用这一批棺木的人,多要出一点手续费,而棺木的受用者还有一个必须是矮子的条件,因为这一批施材作得特别的短小,长一点的尸身放下去,要把双脚折短来的缘故。

董玉林夫妇既积了财,又行了善,更敬了神,菩萨也自然不得不保佑他们了,所以自从他们现在的那位大小姐婉珍生下地来以后,竟一帆风顺毫无病痛地被他们养大到了成人;其后过不上几年,并且还又添上了一位可以继家传后的儿子大发。

二、暴风雨时代

太阳升高了一段,将寒江两岸的一幅冬晴水国图,点染得分外的鲜明,分外的清瘦,颜色虽则已经不如晚秋似的红润了,但江南的冬景,在黄苍里,总仍旧还带些黛色的浓青。尤其是那些苍老的树枝,有些围绕着飞鸟,有些披堆着稻草,以晴空作了背景,在船窗里时现时露地低昂着,使两礼拜前才从杭州回来的婉珍忽而想起了这一次寒假回籍,曾在路上同行过一天一夜的那位在上海读书的衢州大学生。

船行的缓慢,途上的无聊,幸亏在江头轮船上遇着了这一位活泼健谈的青年,终于使她在一日一夜之中认识了目前中国在帝国主义下奄奄待毙的现状,和社会状态必须经过一番大变革的理由。婉珍也已经十八岁了,虽则这大学生所用的名词还有许多不能了解,但他的热情,他的射人的两眼,和因说话过多而兴奋的他那两颊的潮红,却使珍玲感到了这一位有希望有学问的青年的话,句句是真的。在轮船上舱里和他同吃了两次饭,又同在东关的一家小旅馆里分居寄了一宵宿,第二天在兰溪的埠头,和他分手的时候,婉珍不晓怎么的心里却感到了一种极淡的悲哀,仿佛是在晓风残月的杨柳岸边,离别了一位今生不能再见的长征的壮士。

回到了乡里,见到了老父老母,和还不曾脱离顽皮习气的弟弟,旅途上的这一片馀痕,早就被拂拭尽了;直到后来:听到了那些风声鹤唳的传说,见到了举室仓皇的不安状态,当正在打算避难出发的前几日,婉珍才又隐隐地想起了这一位青年。

"要是他在我们左右的话,那些纪律毫无的北方军队,谁敢来动我们一动?社会的改革,现状的打破,这些话真是如何有力量的话!而上船下船,入旅舍时的他那一种殷勤扶助的态度,更是多么足以令人起敬的举动!"

当她整理箱笼,会萃物件的当中,稍有一点空下来的时候,脑里就会起这样的转念;现在到了这一条两岸是江村水驿的路上,她这想头,同温旧书的人一样想得更加凿凿有致了。到了最后,她还想到了一张在杭州照相馆的窗里看见过的照片;一个青春少女,披了长纱,手里捏着一束鲜花,站在一位风度翩翩，穿上西装的少年的身旁。

董婉珍的相貌，在同班中也不算坏。面部的轮廓，大致像她的爸爸董玉林，但董家世相的那一个朝天狮子鼻，却和她母亲玉林嫂的鹰嘴鼻调和了一下，因而婉珍的全面部就化成了一个很平稳的中人之相，不引人特别的注意，可也不讨人的厌。不过女孩子的年龄，终竟是美的判断的第一要件；十八岁的血肉，装上了这一副董家世袭的稍为长大的骨格，虽则皮色不甚细白，衣饰也只平常——是一件短袄，一条黑裙的学校制服——可那一种强壮少女特有的撩人之处，毕竟是不能掩没的自然的巧制，也就是对异性的吸引力蒸发的洪炉。那一天午后，在斜阳里，董家的这只避难船到兰溪西城外的埠头靠岸的时候，董婉珍的一身健美，就成了江边乱昏昏的那些闲杂人等的注目的中心。

董玉林在县城里租下的，是西南一条小巷里的一间很旧的楼屋。楼上三间，楼下三间，间数虽则不少，租金每月却还不到十圆；但由董玉林夫妇看来，这房租似乎已经是贵到了极顶了，故而草草住定之后，他们就在打算出租，将楼底下的三间招进一家出得起租金的中产人家来分房同住。几天之内，一家一家，同他们一样从近村逃避出来的人家，来看房屋的人。原也已经有过好几次了，但都因为董玉林夫妇的租价要得太贵，不能定夺。在这中间，外面的风声，却一天紧似一天，市面几乎成了中歇的状态。终于在一天寒云凄冷的晚上，前线的军队都退回来了，南城西城外的两条水埠，全驻满了杂七杂八，装载军队人夫的兵船。

董玉林刚捧上吃夜饭的饭碗，忽听见一阵喇叭声从城外吹了过来，慌得他发着抖，连忙去关闭大门。这一晚他们五个人不敢上楼去宿，只在楼下的地板上铺上临时的地铺，提心吊胆地过了一夜。第二天早晨，使婢爱娥，悄悄开了后门，打算上横街的那家豆腐店去买一点豆腐来助餐的，出去了好半天，终于青着脸仍复拿着空碗跑回来了；后门一闩上，她也发着抖，拉着玉林嫂，低低地在耳边说：

"外面不得了了，昨晚在西门外南门外都发生了奸抢的事情。街上要拉夫，船埠头要封船，长街上没有一个行人，也没有一家开门的店家。豆腐店的老头，在排门小窗里看见了我，就马上叫我进去，说，——你这姑娘，真好大的胆子！——接着就告诉了我一大篇的骇杀人的话，说在兰溪也要打仗呢！"

董玉林一家五口，有一顿没一顿地饿着肚皮，在地铺上挨躺了两日三夜，忽听见门外头有起脚步声来了。午前十点钟的光景，于听见了一阵爆竹声后，并且还来了一个人敲着门，叫说：

"开开门来罢！孙传芳的土匪军已经赶走了，国民革命军今天早晨进了城，我们要上大云山下去开市民大会，欢迎他们。"

董玉林开了半边门，探头出去看了一眼，看见那位说话的，是一位本地的青年，手里拿了一面青天白日满地红的旗子，青灰的短衣服上，还吊上了一两根皮带。他看出了董玉林的发抖惊骇的弱点，就又站住了脚，将革命军是百姓的军队，决不会扰乱百姓的事情，又仔细说了一遍。在说的中间，婉珍阿发都走出来了，立上了他们父亲的背后。婉珍听了这青年的一大串话后，马上就想起了那位同船的大学生，"原来他们的话，都是一样的！"这一位青年，说了一阵之后，又上邻家去敲门劝告去了。直到后来，他们才兹晓得，他就是本城西区的一位负责宣传员。

革命高潮时的紧张生活开始了，兰溪县里同样地成立了党部，改变了上下的组织，举发了许多土劣的恶行，没收了不少的逆产。董婉珍在一次革命军士慰劳游艺会的会场里，真出乎她的意料之外，忽然遇见了一位本地出身的杭州学校里她同班的同学。这一位同学，在学校的时候，本来就以演说擅长著名的，现在居然在本城的党部所属的妇女协会里做了执行委员了。

她们俩匆匆立谈了一会，各问了地址，那位女同志就忙着去照料会场的事务去了；那一天晚上，董婉珍回到了家里，就将这一件事情告诉了她的父母，末了并且还加了一句说：

"她在很恳切地劝我入党，要我也上妇女协会或党部去服务去。"

董玉林自党军入城之后，看了许多红绿的标语，听了几次党人的演说，又目击了许多当地的豪富的被囚被罚，心里早就有点在恨也有点在怕，怕这一只革命党的铁手，要抓到他自己的头上来；现在听到了自己的爱女的这一句入党的话，心里头自然就涌起了一股无名的怒火。

"你也要去作革命党去了么？哼，人家的钱财，又不是偷来抢来的，那些没出息的小子，真是胡闹。什么叫作逆产！什么叫作没收!他们才是敲竹杠的人!"

董玉林对婉珍,一晌是不露一脸怒容,不说一句重话的,并且自从她上省城去进了学校以来,更加是加重了对她的敬爱之心了。这一晚在灯下竟高声骂出了这几句话来,骇得他的老妻,一时也没有了主意。三人静对着沉默了好一晌,聪明刻薄的玉林嫂,才想出了一串缓冲的劝慰之语:

"时势是不同了,城里头变得如此,我们乡下,也难保得不就有什么事情发生。让婉珍到她的朋友那里去走走,多认识几个人,也是一件好事,你也不必发急,只须叫她自己谨慎一点就对了。"

她究竟是董玉林的共艰苦的妻子,话一涉及到了厉害,董玉林仔细一想,觉得她的意见倒也不错,这一场家庭里的小小的风波,总算也被顺当地就此结了局。

三、混沌

董婉珍终于进了党,上县党部的宣传播股里去服务去了,促成她的这急速的入党的理由,是董村农民协会的一个决议案。他们要没收董玉林家全部的财产,禁止他们一家的重行回到村里来盘剥。地方农民协会的决议案,是要经过县党部的批准才能执行的,董玉林一听到了这一个消息,马上就催促他自己的女儿,去向县党部里活动,结果,在这决议案还没有呈上来之先,董婉珍就成了县党部宣传股的女股员。

宣传股股长钱时英,正满二十五岁,是从广州跟党军出发，特别留在这军事初定的兰溪县里，指导党务的一位干练的党员；故乡是湖南，生长在安徽，是芜湖一个师范学校的毕业生，二年前就去广东投効，系党政训练所第一批受满训练出来的老同志。

他的身材并不高大，但是一身结实的骨肉，使看他一眼的人，能感受到一种坚实、稳固、沉静的印象，和对于一块安固的磐石所受的印象一样。脸形本来是长方的，但因为肉长得很丰富，所以略带一点圆形。近视眼镜后的一双细眼，黑瞳仁虽则不大，但经他盯住了看一眼后，仿佛人的心肝也能被透视得出来的样子。他话语平常是少说的，可是到了紧要的关头，总是一语可以破的，什么天大的问题，也很容易地为他轻轻地道破，解决，处置得妥妥服服。他的笑容，虽则常常使人看见，可是他的笑脸，却与一般人的诈笑不同，真像是心花怒放时的微笑，能够使四周围的黑暗，一时都变为光明。

董婉珍在他对面的一张桌上办公，初进去的时候，心里每有点胆小，见了他简直是要头昏脑胀，连坐立都有点儿不安。可是后来在拟写标语，抄录案件上犯了几次很可笑的错误，经他微笑着订正之后，她觉得这一位被同志们敬畏得像神道似的股长，却也是很容易亲近的人物。

这一年江南的冬天，特别的和暖，入春以后，反下了一次并不小的春雪，正在下雪的这一天午后，是星期六，钱股长于五点钟去出席了全县代表大会回来的时候，脸上显然地露出了一脸犹豫的神情。他将皮夹拿起放下了好几次，又侧目向婉珍看了几眼，仿佛有什么要紧的话要对她说的样子，但后来终于

看看手表,拿起皮夹来走了。走到了门口,重新又回了转来,微笑着对婉珍说:

"董同志!明天星期日放假,你可不可以同我上横山去看雪景?中午要在县政府里聚餐,大约到三点钟左右,请你上西城外船埠头去等我。"

婉珍涨红了脸,低下了头,只轻轻答应了一声;忽而眼睛又放着异样的光,微笑着,举起头来,对钱时英瞥了一眼。钱时英的目光和她的遇着的时候,倒是他惊异起来了,马上收了笑容,作了一种疑问的样子,迟疑了一二秒钟,他就决下了心,就出了办公室。这时候办公室里的同事们已经走得空空,天色也黑沉沉地暗下去了,只剩了一段雪片的馀光,在那里照耀着婉珍的微红的双颊,和水汪汪的两眼。

董婉珍于走回家来的路上,心脏跳突得厉害;一面想着钱时英的那一种坚实老练的风度,一面又回味着刚才的那一脸微笑和明日的约会,她在路上几乎有点忍耐不住,想叫出来告诉大家的样子。果然,这样茫然地想着走着,她把回家去的路线都走错了,该向西的转弯角头,她却走向了东。从这一条狭巷,一直向东走去,是可以走上党部办事人员的共同宿舍里去的,钱时英的宿所,就在那里。她想索性将错就错,马上就上宿舍去找钱时英出来,到什么地方去过它一晚,岂不要比挨等到明天,倒还好些。但是又不对,住在那里的人是很多的,万一被人家知道了,岂不使钱时英为难?想到了这里,飞上她脸的雪片,带起刺激性来了,凉阴阴的一阵逆风,和几点冰冷的雪水,使她的思想又恢复了常轨,将身体一转,她才走上了回家去的正路。

　　漫漫的一夜，和迟迟的半天，董婉珍守候在家里真觉得如初入监狱的囚犯，翻来覆去，在床上乱想了一个通宵，天有点微明的时候，她就披上衣服，从被里坐了起来。但从窗隙里漏进来的亮光，还不是天明的曙色，却是积雪的清辉。她睡也再睡不着了，索性穿好衣服，走下床来拈旺了灯，她想下楼去梳洗头面，可是爱娥还没有起床，水是冰冻着的，没有法子，她只好顺手向书架上抽了一本书，乱翻着页数，心里定下第几行和第几字的数目来测验运气。先翻了四次，是"互""也""有""终"的四个字，猜详了半天，她可终于猜不出这四个字的意思，但楼底下却有起动静来了，当然是爱娥在那里烧水煮早餐。接着又翻了三次，得到了"则""利""之"的三个字，她心里才宽了起来，因为有一个"利"字在那里，至少今天的事情，总是吉的。

　　下楼去洗了手脸，将头梳了一梳，早餐吃后，妇女协会的那位同学跑来看她了，她心里一乐，喜欢得像得了新玩具的小孩。因为她的入党，她的去宣传股服务，都是由这位女同学介绍的。昨天股长既和她有了密约，今天这位原介绍人又来看她，中间一定是有些因果在那里的。她款待着她，沥尽了自己所有的好意。不过从这一位女同学的行动上，言语上看来，似乎总是心中夹着了一件事情，要想说又有点说不出来的样子。她愈猜愈觉得有吻合的意思了，因而也老阻止住她，不使她说出，打算于下午去同钱股长密会之后，再教她来向父母正式的提议谈判。终于坐了一个多钟点，这位女同学告辞走了。她的心里,又添了一层盼望着下午三点钟早点到来的急意。

催促着爱娥提早时间烧了早饭,饭后又换衣服,照镜子地修饰了一阵,两点钟还没有敲,她就穿上了那件新作的灰色长袍,走上了西城外的码头。天放晴了,道路上虽则泞泥没膝,但那一弯天盖,却真蓝得迷人。先在江边如醉如痴地往返走了二三十分钟,向一位来兜生意的老船夫说好了上横山去的船价,她就走下了船,打算坐在船里去等钱股长的到来。但心里终觉得放心不下,生怕他到了江边,又要找她不到,于是手又撩起长袍,踏上了岸,像这样的在泥泞道上的太阳光里上上落落,来来去去,更挨了半个多钟头。正交三点钟的光景,她老远就看见钱时英微笑着来了;今天他和往日不同,穿的却是一件黑呢棉袍,从这非制服的服色上一看,她又感到了满心的喜悦,猜测了他今天的所以要不穿制服的深意。

两人下船之后,钱时英尽是默默地含着微笑,在看两岸斜阳里的雪景。董婉珍满张着希望的双眼,在一眼一眼地贪看他的那一种潇洒的态度。船到了中流,钱时英把眼睛一转,视线和她的交叉了,他立时就变了一种郑重的脸色,眼睛盯视着她,呆了一呆,他先叫了一声"董同志!"婉珍双颊一红,满身就呈露出了羞媚,仿佛是感触到了电气。同时她自己也觉着心在乱跳,肌肉在微微地抖动。他叫了一声之后,又嗫嚅着一慢慢地说:

"董同志!我们从事,从事革命的人,做这些事情,本来,本来是不应该的……"

听了他这一句话,她的羞媚之态,显露得更加浓厚了,眼睛里充满了水润的晶光，气也急喘得像一个重负下的苦力。嘴唇微微地颤动着，一层紧张的气势，使她全身更抖得厉害。

"不过，这，这一件事情，究竟叫我怎么办哩？昨天，昨天的全县代表大会里，董村的代表，将一件决议案提出了；本来我还不晓得是关于你们的事情，后来经大会派给了我去审查，呈文里也有你的名字，你父亲的许多霸占，强夺，高利放款，借公济私的劣迹说得确确实实，并且还指出了你们父女的匿居县城，蒙混党部的事实。我，我因为在办公室里，不好来同你说，所以今天特为约你出来，想和你来谈一谈。"

董婉珍于情绪紧张到了极顶之际，忽而受到了这一个打击，一种极大的失望和极切的悲哀，使她失去了理性，失去了意志，不等钱时英的那篇话说完，就同冰山倒了似的将身体倒到了钱时英的怀里，不顾羞耻，不能自制，只呜呜地抽咽着大哭了起来。

钱时英究竟也是一个血管里有热血在流的青年男子，身触着了这一堆温软的肉体，又目击着她这一种绝望的悲伤，怜悯与欲情，混合成了一处，终于使他的冷静的头脑，也把平衡失去了；两手紧抱住了她的上半身，含糊地说着："你不要这样子，你不要这样子！"不知不觉竟渐渐把自己的头低了下去，贴上了她的火热的脸。到了两人互相抱着，嘴唇与嘴唇吸合了一次之后，钱时英才同受了雷震似的醒了转来，一种冷冰冰的后悔和自责之念，使他跳立了起来，满含着盛怒与怨恨，唉的长叹了一声，反同木鸡似的呆住了。本来他的约她出来，完全是为了公事，丝毫也没有邪念的；他想先叫她自己辞了职，然后再温和地将她父亲的田产发还一部分给原来的所有人。这事情，他昨天也已经同她的那位介绍人说过了，想叫她的那位同学，先劝慰她一下，叫她不要因此而失望，工作可以慢慢地再找过的，而他的这些深谋远虑，这腔体恤之情，现在却只变成了一种污浊的私情了。以事情的结果来评断，等于他是乘人之危，因而强占了他人的妻女。这在平常的道义上，尚且说不过去，何况是身膺革命重任的党员呢？但是事情已经做错了，系铃解铃，责任终须自己去负的，一不做，二不休，索性还是和她结合了之后，慢慢地再图补救罢！钱时英想到了这里，一时眼前也觉得看到了一条黯淡的光明。他再将一只手搭上了她的还在伏着的肩背，柔和地叫她坐起来掠一掠头发，整一整衣服的时候，船却已经到了横山的脚下，她的泪脸上早就泛映着一层媚笑了。

四、寒潮

大雪后的横山一角，比平日更添了许多的妩媚。船靠岸这面沿江的那条小径，雪已经溶化了大半了，但在边旁的隙地上，泥壁茅檐的草舍上，枯树枝上，都还铺盖着一阵残雪的晶皮。太阳打了斜，东首变成了山阴，半江江水，压印得紫里带黑，活像是水墨画成的中国画幅。钱时英搀扶着董婉珍，爬上了横山庙的石级，向兰溪市上的人家纵眺了一回，两人胸中各感到了一种不同的喜悦。

半城烟户，参差的屋瓦上，都还留有着几分未化的春雪；

而环绕在这些市廛船只的高头，渺渺茫茫，照得人头脑一清的，却是那一弓蓝得同靛草花似的苍穹；更还有高带着白帽的远近诸山，与突立在山岭水畔的那两枝高塔，和回流在兰溪县城东西南三面的江水凑合在一道，很明晰地点出了这幅再丰华也没有的江南的雪景。

在董婉珍方面呢，觉得这一天大雪，是她得和钱股长结合的媒介；漫天匝地的白色，便是预示着他们能够白头到老的好兆头。父母的急难，自己的将来，现在的地位，都因钱时英的这一次俯首而解决了。在钱时英的一面呢，以为这发育健全的董婉珍，实在有点可怜，身体是那么结实，普通知识也相当具备的，所缺乏的，就是没有训练，只须有一个人能够好好地指导她，扶助她，那这一种女青年，正是革命前途所需要的人才。而在这一种正心诚意的思想的阴面，他的枯燥的宿舍生活，他的二十五岁的男性的渴求，当然也在那里发生牵引。

面前是这样的一片大自然的烟景，身旁又是那么纯洁热烈的一颗少女求爱的心，钱时英看看周围，看着董婉珍的那一种完全只顾目前的快乐，并无半点将来的忧虑的幼稚状态，自然把刚才船里所感到的那层懊恨之情，一笔勾了。

两人凭着石栏，向兰溪市上，这里那里地指点了一阵，忽而将目光一转，变成了一个对看的局势。董婉珍羞红了脸，虽在笑着侧转了头，但眼睛斜处，片刻不离的，仍是对钱时英的全身的打量，和他的面部的谛视。钱时英只微笑着默默地在细看她的上下，仿佛她和他还是初次见面的样子。第二次四目遇合的时候，钱时英觉得非说话不可了，就笑着问她：

"你还有勇气再爬上山顶上去么？"

"你若要去，我便什么地方也跟了你去。"

"好罢！让我们来比比脚力看。"

先上庙里向守庙的一位老道问明了上兰阴寺去的路径，他们就从侧面的一条斜坡山路走上了山。斜坡上的雪，经午前的太阳一晒，差不多溶化净了，但看去似乎不大黏湿的黄泥窄路，走起来却真不容易。董婉珍经过了两次滑跌，随后终于将弹簧似的身体，靠上了钱时英的怀里，慢慢地谈着走着，走上那座三角形的横山东顶的时候，他们的谈话，也恰巧谈到了他们两人的以后的大计。

"今天的我们的这一个秘密，只能暂时不公布出来。第一总得先把那条董村的决议案办了才行。徇私舞弊，不是我们革命的人所应作的事情。你们家里的田产之类，确有霸占的证据的，当然要发还一部分给原有的人，还有一层，他们既经指控了你们父女的蒙蔽党部，你自然要自动辞职，暂时避去嫌疑，等我们把这一件案子办了之后，再来服务不迟……我的今天的约你出来，本意就为了此。可是，可是，现在成了这样的一个结局，事情倒反而弄僵了；我打算将这儿的党务划出了一个规模之后，就和你离开此地，免得受人家的指摘。你今天回去，请你先把这一层意思对你两老说一说明白，等案件办了之后，我们再来提议婚事……"

董婉珍听了他这一番劝告，心里却微微地感到了一点失望。明天假使马上就辞了职，那以后见面的机会不就少了么！父母的事情，财产的发落，原是重大的，可是和那些青年男子在一道厮混的那种气氛,早出晚归,从街上走过,受人侧目注意的那种私心的满足,还有最觉得不可缺的一件大事,就是这一位看去如磐石似的钱股长的爱抚,她现在正在想恣意饱受的当儿,若一辞了职,都向哪里去求,哪里去得呢!

钱时英看到了她的略带忧郁的表情,心里当然也猜出了她的意思,所以又只能补充着说:

"做事情要顾虑着将来的,仅贪爱一时的安逸,没入于一时的忘我,把将来的大事搁置在一边,是最不革命的行为。你已经不是小孩子了,这一层总该看得穿。"

一次强烈的拥抱,一个火热的深吻,终于驱散了董婉珍脸上的愁云。他们走到了兰阴寺前,看到了衢江江上的斜阳,西面田野里的积雪,和远近的树林村落上的炊烟,晓得这一天,日子已经垂暮,是不得不下山回去的时候了。两人更依偎着,微笑着,贪看了一忽华美到绝顶的兰阴山下大雪初晴的江村暮景,就从西头的那条山腰大道,跑下了山来。

从横山回来的这一天晚上,却轮着钱时英睡不着觉了,和昨天晚上的董婉珍一样,他想起了在广州的时候,和他同时受训练的那位女同志黄烈。他和她虽然并没有什么恋情爱意,但互相认识了一年多,经过了几次共同的患难,才知道两人的思想,行动以及将来的志愿,都是一样的。看到了董婉珍之后,再回想起黄烈来,更觉得一个是有独立人格的女同志,一个是只具有着生理机构的异性,离开了现实的那一重欲情的关,把头脑冷静下来一比较,一思索,他在白天曾经感到过的那层后悔,又渐渐地渐渐地昂起了头来。

婚姻，终究是一生所免不了的事情；可惜在广州时的生活气氛太紧张了，所以他对黄烈，终于只维持了一种同志之爱，没有把这爱发展开去的机会。但当她要跟了北伐军向湖南出发的前几天，他在有一次饯别的夜宴之后，送她回宿舍去的路上，曾听出了她的说话的声音的异样，她说：

"钱同志！我们从事于革命的人，本来是不应该有这些临行惜别的感情的，可是不晓怎么，这几天来，频频受了你们诸位留在广州的同志的饯送，我倒反而变得感情脆弱起来了，昨晚上我就失眠了半夜。你有没有什么使我可以振作的信条，言语，或者竟能充作互勉互励的戒律之类？"

现在在回忆里，重想起了这一晚的情景，他倒觉得历历地反听到了她的微颤着的尾音。可惜当时他也正在计划着跟东路军出发，没有想到其他的事情的馀裕，只说了一句那时候谁也在说的豪语："大家振作起精神，等我们会师武汉罢！"终于只热烈地握了一回手，就在宿舍门口的夜阴里和她分开了。以后过了几天，他只在车站上送她们出发的时候，于乱杂的人丛中见了她一次面。

一个男子滥于爱人，原是这人的不幸；然而老受人爱，而自己没有十分的准备，也是一件麻烦的事情。现在到了这一个既被人爱，而又不得不接受的关头，他觉得更加为难了；对于董婉珍的这件事情，究竟将如何地应付呢？要逃，当然也还逃得掉；同志中间，对于恋爱，抱积极的儿戏观念，并且身在实行的男女，原也很多，不过他的思想，他的毅力，却还没有前进到这一个地步；而同时董婉珍，也决不是这一种恋爱的对手人。她实在还是幼稚得很的一个初到人生路上来学习冒险的人,将来的变好变坏,或者成人成兽,全要看她这第一次的经验的反应如何,才能够决定。

"也罢!还是忍一点牺牲的痛罢!将一个可与为善,可与为恶的庸人,造成一个能为社会服务致用的斗士,也是革命者所应尽的义务;既然第一脚跨出了之后,第二脚自然也只得连带着伸展出去。更何况前面的去路,也并不一定是陷入的泥水深潭哩!"

想来想去,想到了最后,还是只有这一条出路。翻身侧向了里床,他正想凝神定气,安睡一忽的时候,大云山脚下的民众养在那里的雄鸡,早在作第一次催晓的长啼了。

五、药酒杯

经过了乡区党部的一次查覆,董玉林的这一起案子,却出乎众人的意料之外,很顺当地解决了。原因是为了那些被霸占的原有业主,像阿德老头之类,都已经死亡,而有些农民,却因在乡无业可守,早就只身流浪到了外埠,谁也查不出他们的下落来,至于重利盘剥的一件呢,已被剥削者,手中没有证据,也没有作中的证人,事过勿论,还欠在那里的几户,大抵全系小额,生怕以后有急有难要再去向董玉林商借的不易,也不肯出来为难,只听说利息可以全免,就喜欢得不得了;所以由党部判定的结果,只将董玉林的田产,割出了几十亩来,充作董村公立小学的学产,总算借此以赎取了那个决议案的末一款，永远不准他们重回老乡的禁令。

　　健忘与多事的社会，经过了一个多月，大家早就把这件事情忘记了；于是辞职慰留，准请假一月的董婉珍，仍复上党部去服务；急公好义，兴学捐财的董善士，反成了县城社会的知名之士；宣传股长钱时英这时候也公然在董家作了席上的珍客，钱股长与董女士的革命不忘恋爱，恋爱不忘革命的精神，更附带着成了一般士绅的美谈。

　　和煦的春风，吹到了这江岸的县城，市外田里的菜花紫云英正开得热闹的时候，钱董两人的婚议也经过了正式的手续，成熟到披露的时节了。

　　当结婚披露的那一天晚上，董家楼下的三间空屋，除去偏东的那间新房之外，竟挂满了许多画轴对联，摆上了十桌喜酒，挤紧了一县的党政要人。先由证婚人的县长致了祝词，复由介绍人的那位妇女协会执行委员报告了一次经过，当轮到主婚人的董玉林出来讲话的时候，他就公正廉明，陈述了他过去的经历、现在的怀抱和未来的决心。他说，自小就是一个革命者；他所关心的，是地方上的金融的调节，和善举的勇为。总理的遗教，他是每饭不忘，知行共勉的。有水旱灾的时候，也曾散了多少多少的财，有瘟疫的年头，他也施了多少多少的财，而本地的劣绅因妒生忌，因忌作恶，致有前一次的决议。他现在是抱定宗旨，要站在三民主义的旗帜下奋斗革命的。中国的命脉，是在农工，他将来就打算拼他这一条老命，回到农村去服务，为无力的佃农工人而牺牲。本来是只在村塾里读过三年书的一位革命急就家，在这一天晚上，竟把钱时英和董婉珍教他的许多不顺口的名词说得头头是道，致使有几个自上塘村和董村附近赶来吃喜酒的乡亲，大家都吐出了惊异的舌头私下在说："县城真是不得不住，玉林只在这里耽搁不上半年，就晓得在县长面前，说许多乡下人所听不懂的话了！"

中宵客散，新夫妇正在新床上坐下的当儿，这一位成了当晚的大英雄的岳父就踏进了新房来问今后的他们俩的打算：房饭钱每月拟出多少；婉珍的薪水，可不可以提高一点，仍复归他们两老去收用；迟早他总是要回董村去的，那里的党部，可不可以由他去包办；此外的枝节问题还有许多，弄得正在打算将筋骨松动一下的钱时英，几乎茫茫然失去了知觉。到底还是晓得父母的性质的董婉珍来得乖巧一点，看到了新郎的那一副难以应付的形容，就用了全力，将父亲提出的种种难题，下了一个快刀斩乱麻的解决方法，她说："今天迟了，爸爸！你也该去息息了；有什么话，明天再谈不好么？"

结婚之后的董婉珍，处处都流露了她的这一种自父祖遗传下来的小节的伶俐，她知道如何地去以最贱的价格，买许多好看耐用的衣料什物来装饰她自己的身体，她也知道如何地去用她所有的媚态，来笼络那些同事中的有势力的人。在新婚的情阵里，钱时英半因宠爱，半因省事，对于她的这些小孩子似的卖弄聪明，以及操权越级的举动，反同溺爱儿女的父母一样，时时透露了些嘉奖的默认；于是董婉珍的在家庭的习惯，在社会的声势，以及由这些反射而来的骄纵的气概，与夫愚妄的自信，便很急速的养成，进步，终至于确立成了她的第二的天性。

她的第一件的成功,是她们俩的收入的支配;除付过了过分的房饭钱,使两老喜欢得兴高采烈,开销了一切所必须的应酬衣饰费用,使钱时英生活过得安安稳稳之外,第一月在她手里就多出了一笔整款;这是钱时英自任事以来,从来也不曾有过的经验。她的第二件的成功,是虐使佣人的巧妙;新做了主妇,她觉得不雇一个佣人,有些对父母不起,与邻舍人家的观瞻有关了,所以虽则没有必要,她也上就近乡下去招来了一个佣妇。对这一个乡下佣妇的训练,她真彻骨地显出了她父祖所遗给她的天才。譬如早晨罢,在天还未亮,她自己起来大小便的时候,就要使了大喉咙,叫这佣妇起来了;晚上则宁愿多费一点灯油,以朋友当婚礼送给她们的一个闹钟作了标准,非要到十二点闹打的时候,不准这佣妇去上床睡觉。后来因这闹钟闹得厉害,致吵醒了她们夫妇的酣睡,她于大骂了一顿佣妇的愚蠢之外,还牺牲了一块洋纱手帕作了包在闹钟盖上的包皮。在日里她们不在家的时候哩,她总要找些很费事而不容易作好的事情,如米里面挑选沙石粃子,地板上拭除灰土泥痕之类的工作给她,使她不能有一分钟的空;若在家哩,则她自己身上有一点痒,或肚里忽而想到什么,就要佣妇自动地前来服役。一步不到,或稍有迟疑,她便宁愿请假在家,长时间地骂这愚蠢而不是父母养的乡下妇人,使她到了地狱,也没有个容身之处。

在外面的应酬哩,她却比钱时英活泼能干得多;对于上面或同等的人,到处总是她去结交,她去奉承的;但对于下级或无智的乡愚之类哩,她却又是破口便骂,一点儿也忍耐不得的股长夫人了。

所以结婚不上两月，董婉珍的贤夫人的令名，竟传遍了远近，倾倒了全县。在这中间，钱时英反而向公共会场不大去抛头露面，在行动上言语上很显明地露示了极端慎重和沉默的态度；而一回到了私人的寓所，他和贤夫人也难得有什么话讲，只俯倒了头，添了许多往返函电的草拟，以及有些莫名其妙的文字的撰述。

终于党政中枢的裂痕暴露了，在武汉，在省会，以及江西两广等处，都显示了动摇，兴起了大狱；本来早就被同志们讪笑作因结婚而消磨了革命壮志的钱时英，也于此时突然地向党部里辞去了一切的职务。

这一天的午后，当董婉珍正上北区妇女协会分会去开了指导会回来，很得意地从长街上走上自己家去的时候，兜头却冲见了脸色异常难看，从外面走来的钱时英。一看见了他的这一副青紫悒郁的表情，她就晓得一定有什么意外发生了，敛住了笑容，吊起了眉毛，她把嘴角一张，便问他要上什么地方去。

"你来得正巧，我有话对你讲，让我们回去罢！"

听了他这几句吞吞吐吐的答辞，她今天在妇女分会会场里得来的一腔热意与欢情，早就被他驱散了一半了，更哪里还经得起末尾又加上了半句他的很轻很轻的"我，我现在已经辞去了……"的结语呢！

她惊异极了，先张大了两眼，朝他一看，发了一声回音机似的反问：

"你已经辞去了职？"

看到了他的失神似的表情,只是沉默着在走向前去,她才由惊异而变了愤怒,由愤怒而转了冷淡,更由冷淡而化作了轻视,自己也沉默着走了一段,她才轻轻地独语着说:

"哼,也好罢,你只教能够有钱维持你自己的生活就对!"

在这一句独语里,他听出了她对他所有的一切轻蔑、憎恶、歹意与侮辱。说了这一句独语之后,却是她只板着冷淡的面孔,同失神似的尽在往前走着,而不得已仰起了头仿佛在看天思索似的。他那双近视眼,反一眼一眼地带着疑惧的色彩向她偷视起来了。

两人沉默着走到了家里,更沉默着吃过了晚饭,一直到上床为止,还不开口说一句话。那个一向同猪狗似的被女主人骂惯的佣妇,觉察到了这一层险恶的空气,慌得手脚都发抖了,结果于将洋灯移放上那面闹钟前去的时候,扑搭地一声竟打破了那盏洋灯上的已经用白纸补过的灯罩。低气压下的雷雨发作了,女主人果然用了绝叫的声音,最刻毒地喝骂了出来。

"×妈!×妈!×妈!你想放火么?像你这一种没有能力的东西,还要活在那里干什么?你去死去,去死!我的霉都被你倒尽了,我,我,教我以后还有什么颜面去见人?……"

语语双关,句句带刺,像这样的指东骂西,她竟把她的裂帛似的喉咙,骂到了嘶哑,方才住口。在楼上的她的父母兄弟,早就听惯了这一种她的家教的,自然是不想出来干涉;晚饭之后,他们似乎很沉酣地已经掉入了睡乡,钱时英死抑住心头的怒火,在她的高声喝骂之下,只偷偷地向丹田换了几次长气。十二点的钟闹了一阵,那佣妇幽手幽脚地摸上床去睡后,他听见这一位贤夫人的呼吸,很均匀地调节了下去;并且兴奋之后的疲倦,使她的鼾声也比平时高了一段,钱时英到这时才放声叹了一口气,向头上搔把了许多回。

同坟墓里似的沉默,满罩住了这所西南城小巷里的楼屋。等那一位佣妇的鼾声,也微微地传到了钱时英的耳畔的时候,他才轻轻地立起了身,穿上了便服,摸向了他往日在那里使用的写字楼的旁边,先将桌上以及抽屉里的信件稿册,向地下堆作了一堆,更把刚才被佣妇敲破灯罩的洋灯里的煤油,倒向了地下。他用稿纸撚成了几个长长的煤头纸结,擦洋火把它们点着了,黑暗里忽而亮了一亮,马上又被他的口息所吹灭,只在那一大堆纸堆的中间,留剩了几点煤头纸的星火似的微光。天井外的大门闩,轻轻响动了一下,他的那个磐石似的身体。便在乌灰灰的街灯影里跑向了东,跑出了城,终于不见了。

大约隔了一个多礼拜的样子,上海四马路的一家小旅馆里,当傍晚来了一个体格很结实,带着近视眼镜,年纪二十五六岁,身材并不高大,口操安徽音,有点像学生似的旅客。他一到旅馆,将房间开定之后,就命茶房上报馆去买了这礼拜所出的旧报纸来翻读;当他看到了地方通信栏里的一项记载兰溪火灾,全家惨毙的通信的时候,他的脸上却露出一脸真像是心花怒放似的微笑。

散 记

文学上的阶级斗争

一

风光明媚,空气澄清的奥灵泊斯(Olympus)山,自古相传为诗神游乐之乡。习风纯朴,政治修明的有托譬耶(Utopia)是现世中外的文人在脑里创建之国。古今来这些艺术家所以要建设这无何有之乡,追寻那梦里的青花的原因,究竟在什么地方呢?约而言之,不外乎他们的满腔郁愤,无处发泄;只好把现实怀着的不满的心思,和对社会感得的热烈的反抗,都描写在纸上;一则在生前可以消遣他们的无聊的岁月,二则在死后可以使后起者,依了他们的计划去实行。所以表面上似与人生直接最没有关系的新旧浪漫派的艺术家,实际上对人世社会的疾愤,反而最深。不过他们的战斗力不足,不能战胜这万恶贯盈的社会,所以如卢骚等在政治上倡导了些高尚的理想,就不得不被放逐,又如凡尔伦(Verlaine)淮尔特等在道德上宣传了些自由的福音,反而要被拘囚。

到了最后,这些艺术家对现实社会绝了望,觉得他们的理想是不能行了,只好逃到艺术的共和国里,造些伟大的斯芬克斯(sphinx)留给后人;以表明他们对当时的社会怀抱着的悲愤。谁知没出息的后起者,不能看破前人的苦衷,反造了些什么"为艺术的艺术"和"为人生的艺术"的名词出来,痛诋他们,以为他们是于人生无补的。依我看来,始创这两个名词的文艺批评家,就罪该万死。因为艺术就是人生,人生就是艺术,又何必把两者分开来瞎闹呢?试问无艺术的人生可以算得人生么?又试问古今来哪一种艺术品是和人生没有关系的?

二

思想是随时势而进化的,当浪漫主义盛行的十八世纪末,至十九世纪初期的那些艺术家所怀抱的漠然的不满和反抗,到了十九世纪中叶以后,就渐渐地具体化起来了。他们所攻击的目标,起初只不过是漠然的对于人世的一般,后来却渐渐成了一个或是专门攻击国家的政治,或是专门攻击社会的一种制度,或是专门攻击为恶社会作爪牙的一群同类的态度。

凡是一种新运动起来之后,必有一种反对运动起来的现象,即不必假海盖尔(Hegel)的哲学来证明,我们在历史上也可以看得出来。这一种艺术家的热心的攻击出来之后,不消说同时又有一班名利熏心的艺术家出来作反对的运动,于是艺术史上也同社会运动史一样,就分出许多阶级来,互相斗争。我这一篇小论文里,就想把艺术中间的一部分的文学上的阶级斗争,指点出来说明的。

三

"自有文化以来的政治社会史,所记录者不过是人类的阶级斗争而已",这句话我们现代读海盖尔的哲学,研究马克斯的学说的人,谁也知道,谁也承认的。文学上的阶级斗争,若要追求它的渊源,也与人类一样的古,但我在此短篇幅中,不想把希伯来或希腊罗马的文学拿出来夸我的渊博。我只想把反抗古典主义的浪漫主义起后的文学上的变迁,约略来说一说,最后就好把我们现在从事于文学的青年的态度来说明一下。

文艺复兴以后盛行着的拟古主义的文学,是君主和堕落的贵族社会的玩弄物,断不许无产阶级者参加进去的。对于这一种文学上的暴君,揭竿而起的就是浪漫主义的运动,浪漫主义者的反抗心和对于现实的绝望,并他们所走的路径,我在第一节里已经约略说过了。他们当时怀抱着的郁愤,受了一班名利熏心的伪文学家的反对,到了他们的几代后的后起者的时候,才从实际上发现出来。法国的大革命,美国的独立战争,德国的反拿破仑同盟,意大利的统一运动,都是些青年的文学家演出来的活剧,即是前代的理想主义者散播下的种子的花果。

空中的楼阁,在实际上建设出来,一半成功,一半还没有根柢的时候,这些曩时少年气锐的浪漫主义者,都变了文学上的 veteran,暮气颓唐,差不多也踏了前人的旧辙,成了一种文学上的贵族,压制后起,拥护起恶化不已的现实来,于是一班读他们少年时候的著作的青年,也对了他们揭起叛旗,同他们宣战，正同他们的祖先对于拟古主义者的战斗一样。到这时候，老朽的阶级，防御不坚，天下独步的浪漫主义，就不得不授首请降。于是代他们而起的新进阶极，就分道扬镳，走他们各人所走的路。

一时自然主义得了势力，几乎有包括万象之概。然而它的宿命观，它的没有进取的态度，不能令人痛快地发扬个性。于是一群新进的青年，取消极的反抗态度的，就成了所谓颓废派和象征派的运动，取积极的反抗态度的，便成了今日的新理想主义及新英雄主义的运动。在后者的运动里，色彩更鲜明一点，反抗心更热烈一点的，就与实际运动联结一气，堂堂地张起他们无产阶级的旗鼓来，把人生和艺术合在一处。他们愿意用了他们的艺术，用了他们的生命来和旧派的文人宣战。而守着自然主义的残垒，在那里虚张声势，扬言改造的一辈人，大抵以俯伏在资本阶级有权阶级的脚下，作这两阶级的装饰品者居多，所以，二十世纪的文学上的阶级斗争，几乎要同社会实际的阶级斗争，取一致的行动了。

四

我们且向各国文坛最近的趋势一看，更可以证明上节所说的话。

第一，法国文坛里继鲍特来尔（Baudelaire）凡尔伦（Verlaine）而起的颓废派的作品里头，表现虚无主义、无政府主义的色彩最为浓厚。其他各国的颓废派的作家，差不多可以说都是虚无主义者。他们否定生命，否定自我，所以否定一切。无聊的政治社会，钳制个性发展的目下的政府法律和道德，为他们攻击最烈的目标，当然是可以不必说了。梅特林的戏剧和洛屯罢哈（Rodenbach）的小说及诗，表面上虽则没有攻击社会制度的调子，然而仔细研究起来，哪一篇不是对现实表示不满的！哪一句不是对已成社会表示反抗的！主张积极的进取，非到鞠躬尽瘁死而后已的地步不止的罗曼·罗兰，提倡光明运动，欲以一点烈火，烧尽天下恶社会的巴比色（Barbusse），他们的想打破现代各种制度的热望，更是显而易见了。当他未死之前法国文坛的耆宿阿娜督儿·弗兰斯（Anatole France）也曾实行过社会运动的参加，发表了许多为无产阶级申诉的文字，对他的热诚，我们是不得不佩服的。其他如已故的泻亚儿·路易·菲立泊（C. L. Philippe）的悲痛的小说和乔其·提由亚美儿（Georges Duhamel）的痛苦主义（dolorisme）的文字，可以说无一字不是对现世社会的厌弃与反抗。

第二，德国是表现主义的发祥之地，德国表现派的文学家，对社会的反抗的热烈，实际上想把现时存在的社会的一点一滴都倒翻过来的热情，我们在无论何人的作品里都可以看得出来。虽则还有几个文坛的遗老如赫尔曼·罢尔（Herrmann）等在那里抱守遗经，但是不待人的时势与潮流，已经倾向到少年诗人麦克斯·罢尔退儿（Max Barthel）、弗兰此·凡尔弗儿（Franz Werfel）、来因哈尔特·贵林（Reinhard Gaering）等人的身上去了。这些少年的文人，因为实际上在那里与既成阶级战斗，所以他们的作品中所取的材料差不多都是些阶级斗争的对照。譬如葛奥尔格·喀衣直儿（Georg Kaiser）的戏剧《喀来的市民》（*Die Buerger von Kalais*）是表现正义和残虐的斗争，弗利兹·丰·乌恩鲁（Fritz von Unruh）的悲剧《一代》（*Ein Geschlecht*）是表现母与子的斗争。伐尔泰·哈才克来弗尔（Walter Hasenclever）的杰作《儿子》（*Der Sohn*）是表现父与子的斗争的。其他如 Ernst Toller 的戏剧《转变》（*Die Wandlung*）、《机器破坏者》（*Maschinenstuermer*）等，都是热烈的以阶级斗争为内容的文学。

第三，俄国的文学上的阶级斗争，已成了过去的现象，现在正是那些无产阶级者用了血肉的人生在实际上模仿艺术的时候了。奥勃洛莫夫（Oblomov）的无为，萨宁（Sanin）的冷酷，却是对社会上的有产阶级、有权阶级的最大的攻击。你们看哟！庄严伟大的泊洛来塔利亚（proletariat）的王国，不是为他们的子孙所创建了么？伟大的俄国人呀，你们不要以一时的失败，摧残了你们的勇志。须知"成功可以不必，我们只要伟大好了"。

俄国现代的文学家所创造的作品，都是近代精神的结晶，我们但须把墓草方新的亚力山大·勃洛克（A. Block）的：

"后面是饥饿的犬，前面是血染的旗，哦哦！烈风，铁弹不穿，何言乎痛，脚下的柔嫩的雪，真珠似的雪片儿，先驱者是谁呀？戴蔷薇装着的白冠的——耶稣基督。"（《十二个》里的一节）

几句诗一看就可以知道了。

第四，要讲到世界上最顽固，最喜妥协的英国文坛了。英国文坛里流动着的还是千年前的沉腐的空气，我们青年所希望的刺激物是在英国的皇家文人的著作里寻不出来的。浅薄的 Bernard Shaw，浅薄的 H. G. Wells，他们所讲的社会主义，不晓得是为富者作的辩词呢，抑或是唱给无产阶级听的诱睡的儿歌。我们若是定要于英文写的书里，看取点近代精神，不得已只好把美国已故的 Jack London 的著作和 Upton Sinclair 的小说拿出来作英文的解嘲了。

此外南欧北欧及欧亚交界的中心的各国里的青年文士，没有一个不在对传统的思想宣战的。他们对于庇护传统思想的有产有权阶极，攻击得尤其厉害。我确信这些诚挚的青年的理想总有一日实现的，我知道现在的我们正和革命前的俄国青年一样，是刚在受难的时候。但这时候我们非要一直地走往前去不可，我们即使失败了，死了，我们的遗志是可以永久生存下去的。所以最后我想学马克斯和恩格尔斯（Engels）的态度，大声疾呼地说：

"世界上受苦的无产阶级者，

在文学上社会上被压迫的同志，

凡对有权有产阶级的走狗对敌的文人，

我们大家不可不团结起来，

结成一个世界共和的阶级，百屈不挠地来实现我们的理想！

我确信'未来是我们的所有'。"

十二年五月十九日

海上通信

晚秋的太阳,只留上一道金光,浮映在烟雾空濛的西方海角。本来是黄色的海面被这夕照一烘,更加红艳得可怜了。从船尾望去,远远只见一排陆地的平岸,参差隐约地在那里对我点头。这一条陆地岸线之上,排列着许多一二寸长的桅樯细影,绝似画中的远草,依依有惜别的馀情。

海上起了微波,一层一层的细浪,受了残阳的返照,一时光辉起来,飒飒的凉意逼入人的心脾。清淡的天空,好像是离人的泪眼,周围边上,只带着一道红圈。是薄寒浅冷的时候,是泣别伤离的日暮。扬子江头,数声风笛,我又上了天涯飘泊的轮船。

以我的性情而论,在这样的时候,正好陶醉在惜别的悲哀里,满满地享受一场 Sentimental Sweetness. 否则也应该自家制造一种可怜的情调,使我自家感得自家的风尘仆仆,一事无成。若上举两事都办不到的时候,至少也应该看看海上的落日,享受享受那伟大的自然的烟景。但是这三种情怀,我一种也酿造不成,呆呆地立在腥腥杂乱的海轮中层的舱口,我的心里,只充满了一种愤恨,觉得坐也不是,立也不是,硬要想拿一把快刀，杀死几个人，才肯甘休。这愤恨的原因是在什么地方呢？一是因为上船的时候，海关上的一个下流的外国人，定要把我的书箱打开来检查，检查之后，并且想把我所崇拜的列宁的一册著作拿去。二是因为新庙河口的一家卖票房，收了我头等舱的船钱，骗我入了二等的舱位。

啊啊，掠夺欺骗，原是人的本性，若能达观，也不合有这一番气愤，但是我的度量却狭小得同耶稣教的上帝一样，若受着不平，总不能忍气吞声的过去。我的女人曾对我说过几次，说这是我的致命伤，但是无论如何，我总改不过这个恶习惯来。

轮船愈行愈远了，两岸的风景一步一步地荒凉起来了，天色也垂暮了，我的怨愤，却终于渐渐地平了下去。

沫若呀，仿吾成均呀，我老实对你们说，自从你们下船之后，我一直到了现在，方想起你们三人的孤凄的影子来。啊啊，我们本来是反逆时代而生者，吃苦原是前生注定的。我此番北行，你们不要以为我是为寻快乐而去，我的前途风波正多得很呀！

天色暗下来了，我想起了家中在楼头凝望着我的女人，我想起了乳母怀中在那里伊吾学语的孩子，我更想起了几位比我们还更苦的朋友，啊啊，大海的波涛，你若能这样地把我吞咽了下去，倒好省却我的一番苦恼。我愿意化成一堆春雪，躺在五月的阳光里；我愿意代替了落花，陷入污泥深处去，我愿意背负了天下青年男女的肺痨恶疾，就在此处消灭了我的残生。

啊啊！这些感伤的咏叹，只能博得恶魔的一脸微笑，几个在资本家跟前俯伏的文人，或者将要拿了我这篇文字，去佐他们的淫乐的金樽，我不说了，我不再写了，我等那一点西方海上的红云消尽的时候，且上舱里去喝一杯白兰地吧，这是日本人所说的yakezake!

（十月五日七时书）

昨天晚上因为多喝了一杯白兰地，并且因为前夜在F.E.饭店里的一夜疲劳，还没有回复，所以一到床上就睡着了。我梦见了一个十五六的少女和我同舱，我硬要求她和我亲嘴的时候，她回覆我说：

"你若要宝石，我可以给你Rajahs diamond，
你若要王冠，我可以给你世上最大的国家，
但是这绯红的嘴唇，这未开的蔷薇花瓣，
我要保留着等世上最美的人来！"

我用了武力，捉住了她，结果竟做了一个"风月宝鉴"里的迷梦，所以今天头昏得很，什么也想不出来。但是与海天相对，终觉得无聊，我把佐藤春夫的一篇小说《被剪的花儿》读了。

在日本现代的小说家中，我所最崇拜的是佐藤春夫。他的小说，周作人氏也曾译过几篇，但那整篇并不是他的最大的杰作。他的作品中的第一篇，当然要推他的出世作《病了的蔷薇》，即《田园的忧郁》了。其他如《指纹》《李太白》等，都是优美无比的作品。最近发表的小说集《太孤寂了》，我还不

曾读过。依我看来，这一篇《被剪的花儿》，也可说是他近来的最大的收获。书中描写主人公失恋的地方，真是无微不至，我每想学到他的地步，但是终于画虎不成。他在日本现代的作家中，并不十分流行。但是读者中间的一小部分，却是对他抱着十二分的好意的。有一次何畏对我说：

"达夫！你在中国的地位，同佐藤在日本的地位一样。但是日本人能了解佐藤的清洁高傲，中国人却不能了解你，所以你想以作家立身是办不到的。"

惭愧惭愧！我何敢望佐藤春夫的肩背！但是在目下的中国，想以作家立身，非但干枯的我没有希望，即使 Victor Hugo，Charles Dickens，Gerhart Hauptmann 等来，也是无望的。

沫若！仿吾！我们都是笨人，我们弃去了康庄的大道不走，偏偏要寻到这一条荆棘丛生的死路上来。我们即使在半路上气绝身死，也同野狗的毙于道旁一样，却是我们自家寻得的苦恼，谁也不能来和我们表同情，谁也不能来收拾我们的遗骨的。啊啊！又成了牢骚了，"这是中国文人最丑的恶习，非绝灭它不可的地方"，我且收住不说了罢！

单调的海和天，单调的船和我，今日使我的精神萎缩得不堪。十二时中，足破这单调的现象，只有晚来海中的落日之景，我且搁住了笔，去看 The glorious Sun—Setting 吧！

（十月六日日暮的时候）

这一次的航海，真奇怪得很，一点儿风浪也没有，现在船已到了烟台了。烟台港同长崎门司那些港一些儿也没有分别，可惜我没有金钱和时间的馀裕，否则上岸去住他一二星期，享受一番异乡的情调，倒也很有趣味。烟台的结晶处是东首临海的烟台山。在这座山上，有领事馆，有灯台，有别庄，正同长崎市外的那所检疫所的地点一样。沫若，你不是在去年的夏天有一首在检疫所作的诗么？我现在坐在船上，远远地望着落烟台的一带山市，也起了拿破仑在媛来娜岛上之感，啊啊，飘流人所见大抵略同，——我们不是英雄，我们且说飘流人罢！

　　山东是产苦力的地方，烟台是苦力的出口处。船一停锚，抢上来的凶猛的搭客，和售物的强人，真把我骇死，我足足在舱里躲了三个钟头，不敢出来。

　　到了日暮，船将起锚的时候，那些售物者方散退回去，我也出了舱，上船舷上来看落日。在海船里，除非有衣摆奈此的小说《默示录的四骑士》中所描写的那种同船者的恋爱追逐之外，另外实没有一件可以慰遣寂寥的事情，所以我这一次的通信里所写的也只是落日，Sun Setting, Abend Roethe, etc, etc。请你们不要笑我的重复！

　　我刚才说过，烟台港和门司长崎一样，是一条狭长的港市，环市的三面，都是浅淡的连山。东面是烟台山，一直西去，当太阳落下去的那一支山脉，不知道是什么名字。但是我想这一支山若要命名，要比"夕阳""落照"等更好的名字，怕没有了。

　　一带连山，本来有近远深浅的痕迹可以看得出来的，现在当这落照的中间，都只染成了淡紫。市上的炊烟，也蒙蒙地起了，便使我想起故乡城市的日暮的景色来，因为我的故乡，也是依山带水，与这烟台市不相上下的呀！

日光没了，天上的红云也淡了下去。一阵凉风吹来，忽使人起了一种莫名其妙的哀感。我站在船舷上，看看烟台市中一点两点渐渐增加起来的灯火，看看甲板上几个落了伍急急忙忙赶回家去的卖物的土人，忽而索落索落地滴下了两粒眼泪来。我记得我女人有一次说，小孩子到了日暮，总要哭着寻他的娘抱，因为怕晚上没有睡觉的地方。这时候我的心里，大约也被这一种 Nostalgia 笼罩住了吧，否则何以会这样的落寞！这样的伤感！这样的悲愁无着处呢！

这船今晚上是要离开烟台上天津去的，以后是在渤海里行路了。明天晚上可到天津。我这通信，打算一上天津就去投邮。愿你与婀娜和小孩全好，仿吾也好，成均也好，愿你们的精神能够振刷；啊啊，这样在勉励你们的我自家，精神正颓丧得很呀！我还要说什么！我还有说话的资格么！

(十月七日晚八时烟台舱中)

不知在什么时候，我记得你曾说过，沫若，你说："我们的拿起笔来要写，大约是已经成了习惯了，无论如何，我此后总不能绝对的废除笔墨的。"这一种冯妇之习，不但是你免不了，怕我也一样的罢。现在精神定了一定，我又想写了。

昨天船离了烟台，即起大风，船中的一班苦力，个个头上都淋成五色。这是什么理由呢？因为他们都是连绵席地而卧，所以你枕我的头，我枕你的脚。一人吐了，二人就吐，三人四人传染过去。铤而走险，急不能择，他们要吐的时候就不问是人头人足，如长江大河的直泻下来。起初吐的是杂物，后来吐黄水，最后就赤化了。我在这一个大吐场里，心里虽则难受，但却没有效他们的颦，大约是曾经沧海的结果，也许是我已经把心肝呕尽，没有吐的材料了。

今天的落日，是在七十二沽的芦草上看的。几堆泥屋，一滩野草，野草里的鸡犬，泥屋前的穿红布衣服的女孩，便是今日的落照里的风景。

船靠岸的时候，已经是夜半了。二哥哥在埠头等我。半年不见，在青白的瓦斯光里他说我又瘦了许多。非关病酒，不是悲秋，我的瘦，却是杜甫之瘦，儒冠之害呀！

从清冷的长街上在灰暗凉冷的空气里，把身体搬上这家旅店里之后，哥哥才把新总统明晚晋京的话，告诉我听。好一个魏武之子孙，几年来的大愿总算成就了，但是，但是只可怜了我们小百姓，有苦说不出来。听说上海又将打电报，抬菩萨，祭旗拜斗的大耍猴子戏。我希望那些有主张的大人先生，要干快干，不要虚张声势地说："来来来！干干干！"因为调子唱得高的时候，胡琴有脱板的危险；中国的没有真正革命起来的原因，大约是受的"发明电报者"之害哟！

几天不看报，倒觉得清净得很。明天一到北京，怕又不得不目睹那些中国特有的承平新气象，我生在这样的一个太平时节，心里实在是怕看这些黄帝之子孙的文明制度了。

夜也深了，老车站的火车轮声，也渐渐地听不见了，这一间奇形怪状的旅舍里，也只充满了鼾声。窗外没月亮，冷空气一阵一阵地来包围我赤裸裸的双脚。我虽则到了天津，心里依然是犹豫不定：

"究竟还是上北京去作流氓去呢？还是到故乡家里去作隐士？"

名义上，自然是隐士好听，实际上终究是飘流有趣。等我来问一个诸葛神卦，再决定此后的行止罢！

勒勒勒，弟子郁，……
…………
…………

(十月八日夜三时书于天津的旅馆内)

一个人在途上

在东车站的长廊下,和女人分开以后,自家又剩了孤零丁的一个。频年飘泊惯的两口儿,这一回的离散,倒也算不得什么特别。可是端午节那天,龙儿刚死,到这时候北京城里虽已起了秋风,但是计算起来,去儿子的死期,究竟只有一百来天。在车座里,稍稍把意识恢复转来的时候,自家就想起了卢骚晚年的作品《孤独散步者的梦想》的头上的几句话:

"自家除了己身以外,已经没有弟兄,没有邻人,没有朋友,没有社会了。自家在这世上,像这样的,已经成了一个孤独者了……"

然而当年的卢骚还有弃养孤儿院内的五个儿子,而我自己哩,连一个抚育到五岁的儿子都还抓不住!

离家的远别,本来也只为想养活妻儿。去年在某大学的被逐,是万料不到的事情。其后兵乱迭起,交通阻绝,当寒冬的十月,病倒在沪上,也是谁也料想不到的。今年二月,好容易到得南方,静息了一年之半,谁知这刚养得出趣的龙儿又会遭此凶疾的呢?

龙儿的病报,本是在广州得着,匆促北航,到了上海,接连接了几个北京来的电报。换船到天津,已经是旧历的五月初十。到家之夜,一见了门上的白纸条儿,心里已经跳得慌乱,从苍茫的暮色里赶到哥哥家中,见了衰病的她,因为在大众之前,勉强将感情压住。草草吃了夜饭,上床就寝。把电灯一灭,两人只有紧抱的痛哭,痛哭,痛哭,只是痛哭,气也换不过来,更哪里有说一句话的馀裕?

受苦的时间,的确脱煞过去得太悠徐,今年的夏季,只是悲叹的连续。晚上上床,两口儿,哪敢提一句话?可怜这两个迷散的灵心,在电灯灭黑的黝暗里,所摸走的荒路,每会凑集在一条线上,这路的交叉点里,只有一块小小的墓碑,墓碑上只有"龙儿之墓"的四个红字。

妻儿因为在浙江老家内,不能和母亲同住,不得已而搬往北京当时我在寄食的哥哥家去,是去年的四月中旬。那时候龙儿正长得肥满可爱,一举一动,处处教人欢喜。到了五月初,从某地回京,觉得哥哥家太狭小,就在什刹海的北岸,租定了一间渺小的住宅。夫妻两个日日和龙儿伴乐,闲时也常在北海的荷花深处,及门前的杨柳阴中带龙儿去走走。这一年的暑假,总算过得最快乐,最闲适。

秋风吹叶落的时候,别了龙儿和女人,再上某地大学去为朋友帮忙,当时他们俩还往西车站去送我来哩!这是去年秋晚的事情,想起来还同昨日的情形一样。

过了一月,某地的学校里发生事情,又回京了一次,在什刹海小住了两星期。本来打算不再出京了,然碍于朋友的面子,又不得不于一天寒风刺骨的黄昏,上西车站去趁车。这时候因为怕龙儿要哭,自己和女人,吃过晚饭,便只说要往哥哥家里去,只许他送我们到门口,记得那一天晚上他一个人和老妈子立在门口,等我们俩去了好远,还"爸爸!""爸爸!"的叫了好几声。啊啊,这几声惨伤的呼唤,便是我在这世上听到的他叫我的最后的声音!

出京之后,到某地住了一宵,就匆促逃往上海。接续便染了病,遇了强盗辈的争夺政权,其后赴南方暂住,一直到今年的五月,才返北京。

想起来,龙儿实在是一个填债的儿子,是当乱离困厄的这几年中间,特来安慰我和他娘的愁闷的使者!

自从他在安庆生落地以来,我自己没有一天脱离过苦闷,没有一处安住到五个月以上。我的女人,也和我分担着十字架的重负,只是东西南北的奔波飘泊。然当日夜难安,悲苦得不了的时候,只教他的笑脸一开,女人和我,就可以把一切穷愁,丢在脑后。而今年五月初十待我赶到北京的时候,他的尸体,早已在妙光阁的广谊园地下躺着了。

他的病,说是脑膜炎。自从得病之日起,一直到旧历端午节的午时绝命的时候止,中间经过有一个多月的光景。平时被我们宠坏了的他,听说此番病里,却乖顺得非常。叫他吃药,他就大口地吃,叫他用冰枕,他就很柔顺地躺上。病后还能说话的时候,只问他的娘"爸爸几时回来?""爸爸在上海为我定做的小皮鞋,已经做好了没有?"我的女人,于惑乱之馀,每幽幽地问他:"龙!你晓得你这一场病,会不会死的?"他老是很不愿意地回答说:"哪儿会死的哩?"据女人含泪地告诉我说，他的谈吐，绝不似一个五岁的小儿。

未病之前一个月的时候，有一天午后他在门口玩耍，看见西面来了一乘马车，马车里坐着一个戴灰白色帽子的青年。他远远看见，就急忙丢下了伴侣，跑进屋里去叫他娘出来，说："爸爸回来了，爸爸回来了！"因为我去年离京时所戴的，是一样的一顶白灰呢帽。他娘跟他出来到门前，马车已经过去了，他就死劲地拉住了他娘，哭喊着说："爸爸怎么不家来吓？爸爸怎么不家来吓？"他娘说慰了半天，他还尽是哭着，这也是他娘含泪和我说的。现在回想起来，自己实在不该抛弃了他们，一个人在外面流荡，致使他那小小的灵心，常有这望远思亲的伤痛。

去年六月，搬往什刹海之后，有一次我们在堤上散步，因为他看见了人家的汽车，硬是哭着要坐，被我痛打了一顿。又有一次，也是因为要穿洋服，受了我的毒打。这实在只能怪我做父亲的没有能力，不能做洋服给他穿，雇汽车给他坐。早知他要这样的早死，我就是典当强劫，也应该去弄一点钱来，满足他这点点无邪的欲望。到现在追想起来，实在觉得对他不起，实在是我太无容人之量了。

我女人说，濒死的前五天，在病院里，他连叫了几夜的爸爸！她问他，"叫爸爸干什么？"他又不响了，停一会儿，就又再叫起来。到了旧历五月初三日，他已入了昏迷状态，医师替他抽骨髓，他只会直叫一声"干吗？"喉头的气管，咯咯在抽咽，眼睛只往上吊送，口头流些白沫，然而一口气总不肯断。他娘哭叫几声"龙！龙！"他的小眼角上，就会迸流些眼泪出

来,后来他娘看他苦得难过,倒对他说:

"龙!你若是没有命的,就好好地去罢!你是不是想等爸爸回来?就是你爸爸回来,也不过是这样的替你医治罢了。龙!你有什么不了的心愿呢?龙!与其这样的抽咽受苦,你还不如快快地去罢!"

他听了这一段话,眼角上的眼泪,更是涌流得厉害。到了旧历端午节的午时,他竟等不着我的回来,终于断气了。

丧葬之后,女人搬往哥哥家里,暂住了几天。我于五月十日晚上,下车赶到什刹海的寓宅,打门打了半天,没有应声。后来抬头一看,才见了一张告示邮差送信的白纸条。

自从龙儿生病以后,连日夜看护久已倦了的她,又哪里经得起最后的这一个打击?自己当到京之夜,见了她的衰容,见了她的泪眼,又哪里能够不痛哭呢!

在哥哥家里小住了两三天,我因为想追求龙儿生前的遗迹,一定要女人和我仍复搬回什刹海的住宅去住它一两个月。

搬回去那天,一进上屋的门,就见了一张被他玩破的今年正月里的花灯。听说这张花灯,是南城大姨妈送他的,因为他自家烧破了一个窟窿,他还哭过好几次来的。

其次,便是上房里砖上的几堆烧纸钱的痕迹!系当他下殓时烧给他的。

院子里有一架葡萄,两棵枣树,去年采取葡萄枣子的时候,他站在树下,兜起了大褂,仰头在看树上的我。我摘取一颗,丢入了他的大褂兜里,他的哄笑声,要继续到三五分钟。今年这两棵枣树,结满了青青的枣子,风起的半夜里,老有熟极的枣子辞枝自落。女人和我,睡在床上,有时候且哭且谈,总要到更深人静,方能入睡。在这样的幽幽的谈话中间,最怕听的,就是这滴答的坠枣之声。

到京的第二日,和女人去看他的坟墓。先在一家南纸铺里买了许多冥府的钞票,预备去烧送给他。直到到了妙光阁的广谊园茔地门前,她方从呜咽里清醒过来,说:"这是钞票,他一个小孩如何用得呢?"就又回车转来,到琉璃厂去买了些有孔的纸钱。她在坟前哭了一阵,把纸钱钞票烧化的时候,却叫着说:

"龙!这一堆是钞票,你收在那里,待长大了的时候再用,要买什么,你先拿这一堆钱去用吧?"

这一天在他的坟上坐着,我们直到午后七点,太阳平西的时候,才回家来。临走的时候,他娘还哭叫着说:

"龙!龙!你一个人在这里不怕冷静的么?龙!龙!人家若来欺你,你晚上来告诉娘罢!你怎么不想回来了呢?你怎么梦也不来托一个呢?"

箱子里,还有许多散放着的他的小衣服。今年北京的天气,到七月中旬,已经是很冷了。当微凉的早晚,我们俩都想换上几件夹衣,然而因为怕见到他旧时的夹衣袍袜,我们俩却尽是一天一天地挨着,谁也不说出口来,说"要换上件夹衫"。

有一次和女人在那里睡午觉,她骤然从床上坐了起来,鞋也不拖,光着袜子,跑上了上房起坐室里,并且更掀帘跑上外面院子里去。我也莫名其妙跟着她跑到外面的时候,只见她在那里四面找寻什么,找寻不着,呆立了一会,她忽然放声哭了起来,并且抱住了我急急地追问说:"你听不听见?你听不听见?"哭完之后,她才告诉我说,在半醒半睡的中间,她听见"娘!娘!"的叫了两声,的确是龙的声音,她很坚定地说:"的确是龙回来了。"

北京的朋友亲戚,为安慰我们起见,今年夏天常请我们俩去吃饭听戏。她老不愿意和我同去,因为去年的六月,我们无论上哪里去玩,龙儿是常和我们在一处的。

今年的一个暑假,就是这样的,在悲叹和幻梦的中间消逝了。

这一回南方来催我就道的信,过于匆促,出发之前,我觉得还有一件大事情没有做了。

中秋节前新搬了家,为修理房屋,部署杂事,就忙了一个星期。出发之前,又因了种种琐事,不能抽出空来,再上龙儿的坟地里去探望一回。女人上东车站来送我上车的时候,我心里尽酸一阵痛一阵地在回念这一件恨事。有好几次想和她说出来,教她于两三日后再往妙光阁去探望一趟,但见了她的憔悴尽的颜色,和苦忍住的凄楚,又终于一句话也没有讲成。

现在去北京远了,去龙儿更远了,自家只一个人,只是孤零丁的一个人。在这里继续此生中大约是完不了的飘泊。

(一九二六年十月五日在上海旅馆内)

病闲日记

一九二六年十二月在广州

一日,阴晴,星期三(旧历十月二十七日)。

今朝是失业后的第一日。早晨起来,就觉得是一个失业者了,心里的郁闷,比平时更甚,天上有半天云障,半天蓝底。太阳也时出时无,冷气逼人。

一早就有一位不相识的青年来,定要我去和他照相,不得已勉强和他照了一个。顺便就走到创造社出版部广州分部去坐谈,木天和麦小姐,接着来了,杂谈了些闲天,和他们去别有村吃中饭。喝了三大杯酒,竟醉倒了,身体近来弱,是一件大可悲的事情。

回到分部,仿吾也自黄埔返省,谈了些整理上海出版部的事情,一直到夜间十时,总算把大体决定了。

今天曾至学校一次,问欠薪事,因委员等不在,没有结果。

接了荃君的来信,伤感之至,大约三数日后,要上船去上海,打算在上海住一月,即返北京去接家眷南来。

此番计自阳历十月二十日到广州以来，迄今已有四十馀天了，这中间一事也不做，文章也一篇都写不成功，明天起，当更努力。

二日，阴，星期四（十月二十八日）。

天气不好，人亦似受了这支配，不能振作有为，今天又萎靡得不了。午前因为有同乡数人要来，所以在家里等他们。想看书，也看不进去，只写了一封给荃君的信。

十时左右，来了一位同乡的华君，和他出去走了一阵，便去访夷乘。在夷乘那里，却遇见了伍某，他请我去吃饭，一直到了午后的三时，才从西园酒家出来，这时候，天忽大晴且热。

和仿吾在创造社出版部分了手，晚上在家中坐着无聊，因与来访者郭君汝炳去看电影。是 Alexander Dumas 的 The Three Musketeers，主角 D'Artangan 系由 Douglas Fairbanks 扮演，很有精彩。我看此影片，这是第二回了，第一回系在东京看的，已经成了四五年前的旧事。

郭君汝炳是我的学生，他这一回知道了我的辞职，并且将离去广州，很是伤感，所以特来和我玩两天的，我送了他一部顾梁汾的《弹指词》。

晚上回来，寂寥透顶，心里不知怎的总觉得不快。

三日，晴，星期五（十月二十九日）。

午前九时，又有许多青年学生来访。郭君汝炳于十时前来，赠我《西泠词萃》四册和他自己的诗《晚霞》一册。

和他出去到照相馆照相。离情别绪，一时都集到了我的身上。因为照相者是一个上海人，他说上海话的时候，使我忆起了撤离未久的上海，忆起了流落的时候每在那里死守着的上海，并且想起了此番的又不得不仍旧和往日一样，失了业，落了魄，萧萧归去的上海。

照相后，去西关午膳，膳后坐了小艇，上荔枝湾去。天晴云薄，江水不波，西北望白云山，只见一座紫金堆，横躺在阳光里，是江南晚秋的烟景，在这里却将交入残冬了。一路上听风看水，摇出白鹅潭，横斜又到了荔枝湾里，到荔香园上岸，看了凋零的残景，衰败的亭台，颇动着张翰秋风之念。忽而在一条小路上，遇见了留学日本时候的一位旧同学，在学校里此番被辞退的温君。两三个都是不得意的闲人，从残枝掩覆着的小道走出荔香园来，对了西方的斜日，各作了些伤怀之感。

在西关十八甫的街上，和郭君别了，走上茶楼去和温君喝了半天茶。午后四五点钟，仍到学校里去了一趟，又找不到负责的委员们，薪金又不能领出，懊丧之至。

晚上又有许多年青的学生及慕我者，设钱筵于市上，席间遇见了许多生人，一位是江苏的姓曾的女士，已经嫁了，她的男人也一道在吃饭，一位是石蘅青的老弟，态度豪迈，不愧为他哥哥的弟弟。白薇女士也在座。我一人喝酒独多，醉了。十点多钟，和石君洪君白薇女士及陈霞君又上电影馆去看《三剑客》，到十二点散戏出来，酒还未醒。路上起了危险的幻想，因为时候太迟了，所以送白薇到门口的一段路上，紧张到了万分,是决定一出大悲喜剧的楔子。总算还好,送她到家,只在门口迟疑了一会,终于扬声别去。

这时候天又开始在微雨,回学校终究是不成了,不得已就坐了洋车上陈塘的妓窟里去。午前一点多钟到了陈塘,穿来穿去走了许多狭斜的巷陌,下等的妓馆,都已闭门睡了。各处酒楼上,弦歌和打麻雀声争喧,真是好个销金的不夜之城。我隔雨望红楼,话既不通,钱又没有,只得在热闹的这一角腐颓空气里,闲跑瞎走,走了半个多钟头,觉得像这样的雨中飘泊,终究挨不到天明,所以就摸出了一条小巷,坐洋车奔上东堤的船上去。

夜已经深了,路上只有些未曾卖去的私娼和白天不露面的同胞在走着。到了东堤岸上,向一家小艇借了宿。和两个年青的蜑妇,隔着一重门,同睡。她们要我叫一个老举来伴宿,我这时候精神已经被耗蚀尽了,只是摇头不应。

在江上的第一次寄生。心里终究是怕的,一边念着周美成的《少年游》:

> 并刀如水,吴盐胜雪,纤指破新橙。锦幄初温,兽香不断,相对坐调笙。低声问,"向谁行宿?"城上已三更。马滑霜浓,不如休去,直是少人行。(《感旧》)

一边只在对了横陈着的两蜑妇发抖,一点一漏地数着钟声,吸了几枝烟卷,打死了几个蚊子,在黑黝黝的洋灯底下,在朱红漆的画艇中间,在微雨的江上,在车声脚步声都已死寂了的岸头,我只好长吁短叹,叹我半生恋爱的不成,叹我年来事业的空虚，叹我父母生我的时日的不辰，叹着，怨着，偷眼把蜇妇的睡态看着，不知不觉，也于午前五点多钟的时候入睡了。

四日，星期六（十月三十日），阴云密布，却没有下雨。

七点钟的时候醒来，爬出了乌冷的船篷，爬上了冷静的堤岸，同罪人似的逃回学校的宿舍，在那里又只有一日的"无聊"很正确的，很悠徐的，狞笑着等我。啊啊，这无意义的残生，的确是压榨得我太重了。

回家来想睡又睡不着，闲坐无聊，却想起了仿吾等今日约我照相的事情。去昌兴街分部坐了许多时，人总不能到齐，吃了午饭，才去照相馆照相。这几日照相太多，自家也觉得可笑，若从此就死，岂不是又要多留几点形迹在人间，这真与我之素愿，相违太甚了。

午后四点多钟，和仿吾去学校。好容易领到了十一月份的薪水。赶往沙面银行，想汇一点钱至北京，时候已太迟了。

晚上又在陈塘饮酒，十点钟才回来，洗澡入睡，精神消失尽了。

五日，日曜（十一月初一日），晴。

早晨起来，觉得天气好得很，想上白云山去逛，无奈找不到同伴，只剩了一个人跑上同乡的徐某那里，等了一个多钟头，富阳人的羁留在广东者都来了，又和他们拍了一张照片。

午后和同乡者数人去大新天台听京戏。日暮归来，和仿吾等在玉醪春吃晚饭,夜早眠。

六日,星期一(十一月初二日),晴。

早晨跑上邮局去汇了一百四十圆大洋至北京。在清一色吃午饭,回家来想睡,又有人来访了,便和他们上明珠影画院去看电影。晚上在又一春吃晚饭,饭后和阿梁上观音山去散步,四散的人家,一层烟雾,又有几点灯光,点缀在中间。风景实在可爱,晚风凉得很,八点前后,就回来睡了。

七日,星期二(十一月初三日),阴,多风。

午前在家闷坐,无聊之极,写了一首《风流事》,今晚上仿吾他们要为我祝三十岁的生辰,我想拿出来作一个提议:

小丑又登场,①
大家起,为我举离觞。
想此夕清樽,千金难买,
他年回忆,未免神伤。
最好是,题诗各一首,写字两三行。
踏雪鸿踪,印成指爪,
落花水面,留住文章。
明朝三十一,
数从前事业,羞煞潘郎。
只几篇小说,两鬓青霜。

---

① 小丑登场事见旧作《十一月初三》小说中。

谅今后生涯，也长碌碌。

老奴故态，不改佯狂。

君等若来劝酒，醉死无妨。

午后三时后，到会场去，男女的集拢来为我做三十生辰的，共有二十多人，总算是一时的盛会，酒又喝醉了。晚上在粤东酒楼宿，一晚睡不着，想身世的悲凉，一个人泣到天明。

八日，星期三（十一月初四日），晴。

天气真好极了，但觉得奇冷。昨晚来北风大紧，有点冬意了。早晨，阿梁跑来看我，和他去小北门外，在宝汉茶寮吃饭。饭后并在附近的田野里游行，总算是快快活活地过了一天，真是近年来所罕有的很闲适地过去的一天。

午后三四点钟，去访薛姑娘。约她出来饮茶，不应，复转到创造社的分部坐了一会。在街上想买装书的行李，因价贵没有买成。

晚上和白薇女士等吃饭，九点前返校。早睡。

接到了天津玄背社的一封信。说我写给他们的信，已经登载在《玄背》上，来求我的应许的。

九日，星期四（十一月初五日），晴。

早晨阿梁又来帮我去买装书的行李，在街上看了一阵，终于买就了三只竹箱。和阿梁及张曼华在一家小饭馆吃饭。饭后至中山大学被朋友们留住了，要我去打牌。自午后一点多钟打起，直打到翌日早晨止，输钱不少，在擎天酒楼。

十日，星期五（十一月初六日），先细雨后晴。

昨晚一宵不睡，身体坏极了，早晨八点钟回家，睡也睡不着。阿梁和同乡华其昌来替我收书，收好了三竹箱。和他们又去那家小饭馆去吃了中饭，便回来睡觉，一直睡到午后四时。刚从梦里醒来，独清和灵均来访我，就和他们出去，上一家小酒馆饮酒去。八点前后从酒馆出来，上国民戏院，去看Thackeray 的 Vanity Fair 电影。究竟是十八世纪前后的事迹，看了不能使我们十分感动。晚上十点钟睡觉，白薇送我照相一张，很灵敏可爱。

十一日，星期六（十一月初七日），晴，然而不清爽。

同乡的周君客死在旅馆里。早晨起来，就有两位同乡来告我此事，很想去吊奠一番，他们劝我不必去，因为周君的病是和我的病一样的缘故。

和他们出去访同乡叶君，不遇，就和他们去北门外宝汉茶寮吃饭。饭后又去买了一只竹箱，把书籍全部收起了。

仿吾于晚上来此地，和他及木天诸人在陆园饮茶。接了一封北京的信，心里很是不快活，我们都被周某一人卖了。

武昌张资平也有信来，说某在欺骗郭沫若和他，弄得创造社的根基不固，而他一人却很舒服的远扬了。唉，人心不古，中国的青年，良心丧尽了。

十二日，星期日（十一月初八日），夜来雨，今晨阴闷。

晨八时起床，候船不开，郭君汝炳以前礼拜所映的相片来赠。与阿梁去西关，购燕窝等物，打算寄回给母亲服用的。

在清一色午膳，膳后返家，遇白薇女士于创造社楼上。伊明日起身，将行返湖南，托我转交伊在杭州之妹的礼物两件。

晚上日本联合通信社记者川上政义君宴我于妙奇奇酒楼，散后又去游河，我先返，与白薇谈了半宵，很想和她清谈一晚，因为身体支持不住，终于在午前二点钟的时候别去。

返寓已将三点钟了。唉，异地的寒宵，流人的身世，我俩都是人中的渣滓。

十三日，星期一（十一月初九日），阴闷。

奇热，早晨访川上于沙面，赠我书籍数册。和他去荔枝湾游。回来在太平馆吃烧鸽子。

他要和我照相，并云将送之日本，就和他在一家照相馆内照相。晚上仿吾伯奇饯行，在聚丰园闹了一晚。

白薇去了，想起来和她这几日的同游，也有点伤感。可怜她也已经白过了青春，此后正不晓得她将如何结局。

十四日，星期三（十一月初十日），雨，闷，热。

午前赴公票局问船，要明日才得上去。这一次因为自家想偷懒，所以又上了人家的当，以后当一意孤行，独行我素。

与同乡华君在清一色吃饭，约他于明天早晨来为我搬行李。午后在创造社分部，为船票事闹了半天，终无结果。决定明日上船，不管它开不开，总须于明早上船去。

昨日接浩兄信，今日接曼兄信，他们俩都不能了解我，都望我做官发财,真真是使我难为好人。

晚上请独清及另外的两位少年吃夜饭,醉到八分。此番上上海后,当戒去烟酒,努力奋斗一番,事之成败,当看我今后立志之坚不坚。我不屑与俗人争,我尤不屑与今之所谓政治家争,百年之后,容有知我者,今后当努力创作耳。

自明日上船后,当不暇书日记,《病闲日记》之在广州作者,尽于今宵。行矣广州,不再来了。这一种龌龊腐败的地方,不再来了。我若有成功的一日,我当肃清广州,肃清中国。

(十三月十四日晚记)

钓台的春昼

因为近在咫尺,以为什么时候要去就可以去,我们对于本乡本土的名区胜景,反而往往没有机会去玩,或不容易下一个决心去玩的。正唯其是如此,我对于富春江上的严陵,二十年来,心里虽每在记着,但脚却没有向这一方面走过。一九三一,岁在辛未,暮春三月,春服未成,而中央党帝,似乎又想玩一个秦始皇所玩过的把戏了,我接到了警告,就仓皇离去了寓居。先在江浙附近的穷乡里,游息了几天,偶尔看见了一家扫墓的行舟,乡愁一动,就定下了归计。绕了一个大弯,赶到故乡,却正好还在清明寒食的节前。和家人等去上了几处坟,与许久不曾见过面的亲戚朋友,来往热闹了几天。一种乡居的倦怠,忽而袭上心来了,于是乎我就决心上钓台访一访严子陵的幽居。

钓台去桐庐县城二十馀里,桐庐去富阳县治九十里不足,自富阳溯江而上,坐小火轮三小时可达桐庐,再上则须坐帆船了。

我去的那一天,记得是阴晴欲雨的养花天,并且系坐晚班轮去的,船到桐庐,已经是灯火微明的黄昏时候了,不得已就只得在码头近边的一家旅馆的楼上借了一宵宿。

桐庐县城，大约有三里路长，三千多烟灶，一二万居民，地在富春江西北岸，从前是皖浙交通的要道，现在杭江铁路一开，似乎没有一二十年前的繁华热闹了。尤其要使旅客感到萧条的，却是桐君山脚下的那一队花船的失去了踪影。说起桐君山，却是桐庐县的一个接近城市的灵山胜地，山虽不高，但因有仙，自然是灵了。以形势来论，这桐君山，也的确是可以产生出许多口舌生硬，别具风韵的桐严嫂来的生龙活脉。地处在桐溪东岸，正当桐溪和富春江合流之所，依依一水，西岸便瞰视着桐庐县市的人家烟树。南面对江，便是十里长洲；唐诗人方干的故居，就在这十里桐洲九里花的花田深处。向西越过桐庐县城，更遥遥对着一排高低不定的青峦，这就是富春山的山子山孙了。东北面山下，是一片桑麻沃地，有一条长蛇似的官道，隐而复现，出没盘曲在桃花杨柳洋槐榆树的中间，绕过一支小岭，便是富阳县的境界，大约去程明道的墓地程坟，总也不过一二十里地的间隔。我的去拜谒桐君，瞻仰道观，就在那一天到桐庐的晚上，是淡云微月，正在作雨的时候。

　　鱼梁渡头，因为夜渡无人，渡船停在东岸的桐君山下。我从旅馆蹓了出来，先在离轮埠不远的渡口停立了几分钟。后来向一位来渡口洗夜饭米的年轻少妇，弓身请问了一回，才得到了渡江的秘诀。她说："你只须高喊两三声，船自会来的。"先谢了她教我的好意，然后以两手围成了播音的喇叭，"喂，喂，渡船请摇过来！"地纵声一喊，果然在半江的黑影当中，船身摇动了。渐摇渐近，五分钟后，我在渡口，却终于听出了咿呀柔橹的声音，时间似乎已经入了酉时的下刻，小市里的群动，这时候都已经静息，自从渡口的那位少妇，在微茫的夜色里，藏去了她那张白团团的面影之后，我独立在江边，不知不觉心里头却兀自感到了一种他乡日暮的悲哀。渡船到岸，船头上起了几声微微的水浪清音，又铜东的一响，我早已跳上了船，渡船也已经掉过头来了。坐在黑影沉沉的舱里，我起先只在静听着柔橹划水的声音，然后却在黑影里看出了一星船家在吸着的长烟管头上的烟火，最后因为被沉默压迫不过，我只好开口说话了："船家！你这样的渡我过去，该给你几个船钱？"我问。"随你先生把几个就是。"船家的说话冗慢幽长，似乎已经带着些睡意了，我就向袋里摸出了两角钱来。"这两角钱，就算是我的渡船钱，请你候我一会，上山去烧一次夜香，我是依旧要渡过江来的。"船家的回答，只是恩恩乌乌，幽幽同牛叫似的一种鼻音，然而从继这鼻音而起的两三声轻快的喀声听来，他却似已经在感到满足了，因为我也知道，乡间的义渡，船钱最多也不过是两三枚铜子而已。

到了桐君山下，在山影和树影交掩着的崎岖道上，我上岸走不上几步，就被一块乱石绊倒，滑跌了一次。船家似乎也动了恻隐之心了，一句话也不发，跑将上来，他却突然交给了我一盒火柴。我于感谢了一番他的盛意之后，重整步武，再摸上山去，先是必须点一枝火柴走三五步路的，但到得半山，路既就了规律，而微云堆里的半规月色，也朦胧地现出一痕银线来了，所以手里还存着的半盒火柴，就被我藏入了袋里。路是从山的西北，盘曲而上，渐走渐高，半山一到，天也开朗了一点，桐庐县市上的灯火，也星星可数了。更纵目向江心望去，富春江两岸的船上和桐溪合流口停泊着的船尾船头，也看得出一点一点的火来。走过半山，桐君观里的晚祷钟鼓，似乎还没有息尽，耳朵里仿佛听见了几丝木鱼钲钹的残声。走上山顶，先在半途遇着了一道道观外围的女墙，这女墙的栅门，却已经掩上了。在栅门外徘徊了一刻，觉得已经到了此门而不进去，终于是不能满足我这一次暗夜冒险的好奇怪僻的。所以细想了几次，还是决心进去，非进去不可，轻轻甩手往里面一推，栅门却呀的一声，早已退向了后方开开了，这门原来是虚掩在那里的。进了栅门，踏着为淡月所映照的石砌平路，向东向南地前走了五六十步，居然走到了道观的大门之外，这两扇朱红漆的大门，不消说是紧闭在那里的。到了此地，我却不想再破门进去了，因为这大门是朝南向着大江开的，门外头是一条一丈来宽的石砌步道，步道的一旁是道观的墙，一旁便是山坡，靠山坡的一面，并且还有一道二尺来高的石墙筑在那里，大约是代替栏杆，防人倾跌下出去的用意，石墙之上，铺的是二三尺宽的青石，在这似石栏又似石凳的墙上，尽可以坐卧游息，饱看桐江和对岸的风景，就是在这里坐它一晚，也很可以，我又何必去打开门来，惊起那些老道的恶梦呢！

　　空旷的天空里，流涨着的只是些灰白的云，云层缺处，原也看得出半角的天，和一点两点的星，但看起来最饶风趣的，却仍是欲藏还露，将见仍无的那半规月影。这时候江面上似乎起了风，云脚的迁移，更来得迅速了，而低头向江心一看，几多散乱着的船里的灯光，也忽明忽灭地变换了一变换位置。

　　这道观大门外的景色，真神奇极了。我当十几年前，在放浪的游程里，曾向瓜州京口一带，消磨过不少的时日。那时觉得果然名不虚传的，确是甘露寺外的江山，而现在到了桐庐，昏夜入这桐君山来一看，又觉得这江山之秀而且静，风景的整而不散，却非那天下第一江山的北固山所可与比拟的了。真也难怪得严子陵，难怪得戴征士，倘使我若能在这样的地方结屋读书，以养天年，那还要什么的高官厚禄，还要什么的浮名虚誉哩？一个人在这桐君观前的石凳上，看看山，看看水，看看城中的灯火和天上的星云，更做做浩无边际的无聊的幻梦，我竟忘记了时刻，忘记了自身，直等到隔江的击柝声传来，向西一看，忽而觉得城中的灯影微茫地减了，才跑也似地走下了山来，渡江奔回了客舍。

第二日侵晨，觉得昨天在桐君观前做过的残梦正还没有续完的时候，窗外面忽而传来了一阵吹角的声音。好梦虽被打破，但因这同吹筚篥似的商音哀咽，却很含着些荒凉的古意，并且晓风残月，杨柳岸边，也正好候船待发，上严陵去；所以心里虽怀着了些儿怨恨，但脸上却只现出了一痕微笑，起来梳洗更衣，叫茶房去雇船去。雇好了一只双桨的渔舟，买就了些酒菜鱼米，就在旅馆前面的码头上上了船，轻轻向江心摇出去的时候，东方的云幕中间，已现出了几丝红晕，有八点多钟了。舟师急得厉害，只在埋怨旅馆的茶房，为什么昨晚上不预先告诉，好早一点出发。因为此去就是七里滩头，无风七里，有风七十里，上钓台去玩一趟回来，路程虽则有限，但这几日风雨无常，说不定要走夜路，才回来得了的。

过了桐庐，江心狭窄，浅滩果然多起来了。路上遇着的来往的行舟,数目也是很少,因为早晨吹的角,就是往建德去的快班船的信号,快班船一开,来往于两岸之间的船就不十分多了。两岸全是青青的山,中间是一条清浅的水,有时候过一个沙洲,洲上的桃花菜花,还有许多不晓得名字的白色的花,正在喧闹着春暮,吸引着蜂蝶。我在船头上一口一口地喝着严东关的药酒,指东话西地问着船家,这是什么山,那是什么港,惊叹了半天,称颂了半天,人也觉得倦了,不晓得什么时候,身子走上了一家水边的酒楼,在和数年不见的几位已经做了党官的朋友高谈阔论。谈论之馀,还背诵了一首两三年前曾在同一的情形之下做成的歪诗。

  不是尊前爱惜身,佯狂难免假成真,曾因酒醉鞭名马,生怕情多累美人。劫数东南天作孽,鸡鸣风雨海扬尘,悲歌痛哭终无补,义士纷纷说帝秦。

  直到盛筵将散,我酒也不想再喝了,和几位朋友闹得心里各自难堪,连对旁边坐着的两位陪酒的名花都不愿意开口。正在这上下不得的苦闷关头,船家却大声地叫了起来说:

  "先生,罗芷过了,钓台就在前面,你醒醒罢,好上山去烧饭吃去。"

  擦擦眼睛,整了一整衣服,抬起头来一看,四面的水光山色又忽而变了样子了。清清的一条浅水,比前又窄了几分,四围的山包得格外的紧了,仿佛是前无去路的样子。并且山容峻削,看去觉得格外的瘦格外的高。向天上地下四围看看,只寂寂地看不见一个人类。双桨的摇响,到此似乎也不敢放肆了,钩的一声过后,要好半天才来一个幽幽的回响,静,静,静,身边水上，山下岩头，只沉浸着太古的静，死灭的静，山峡里连飞鸟的影子也看不见半只。前面的所谓钓台山上，只看得见两大个石垒，一间歪斜的亭子，许多纵横芜杂的草木。山腰里的那座祠堂，也只露着些废垣残瓦，屋上面连炊烟都没有一丝半缕，像是好久好久没有人住了的样子。并且天气又来得阴森，早晨曾经露一露脸过的太阳，这时候早已深藏在云堆里了，馀下来的只是时有时无从侧面吹来的阴飕飕的半箭儿山风。船靠了山脚，跟着前面背着酒药鱼米的船夫走上严先生祠堂的时候，我心里真有点害怕，怕在这荒山里要遇见一个干枯苍老得同丝瓜筋似的严先生的鬼魂。

在祠堂西院的客厅里坐定，和严先生的不知第几代的裔孙谈了几句关于年岁水旱的话后，我的心跳也渐渐儿地镇静下去了，嘱托了他以煮饭烧菜的杂务，我和船家就从断碑乱石中间爬上了钓台。

东西两石垒，高各有二三百尺，离江面约两里来远，东西台相去只有一二百步，但其间却夹着一条深谷。立在东台，可以看得出罗芷的人家，回头展望来路，风景似乎散漫一点，而一上谢氏的西台，向西望去，则幽谷里的清景，却绝对的不像是在人间了。我虽则没有到过瑞士，但到了西台，朝西一看，立时就想起了曾在照片上看见过的威廉退儿的祠堂。这四山的幽静，这江水的青蓝，简直同在画片上的珂罗版色彩，一色也没有两样，所不同的就是在这儿的变化更多一点，周围的环境更芜杂不整齐一点而已，但这却是好处，这正是足以代表东方民族性的颓废荒凉的美。

从钓台下来,回到严先生的祠堂——记得这是洪杨以后严州知府戴槃重建的祠堂——西院里饱啖了一顿酒肉,我觉得有点酩酊微醉了。手拿着以火柴柄制成的牙签,走到东面供着严先生神像的龛前,向四面的破壁上一看,翠墨淋漓,题在那里的,竟多是些俗而不雅的过路高官的手笔。最后到了南面的一块白墙头上,在离屋檐不远的一角高处,却看到了我们的一位新近去世的同乡夏灵峰先生的四句似邵尧夫而又略称感慨的诗句。夏灵峰先生虽则只知崇古,不善处今,但是五十年来,像他那样的顽固自尊的亡清遗老,也的确是没有第二个人。比较起现在的那些官迷的南满尚书和东洋宦婢来,他的经术言行,姑且不必去论它,就是以骨头来称称,我想也要比什么罗三郎郑太郎辈,重到好几百倍。慕贤的心一动,薰人臭技自然是难熬了,堆起了几张桌椅,借得了一枝破笔,我也向高墙上在夏灵峰先生的脚后放上了一个陈屁,就是在船舱的梦里,也曾微吟过的那一首歪诗。

从墙头上跳将下来,又向龛前天井去走了一圈,觉得酒后的干喉,有点渴痒了,所以就又走回到了西院,静坐着喝了两碗清茶。在这四大无声,只听见我自己的啾啾喝水的舌音冲击到那座破院的败壁上去的寂静中间,同惊雷似地一响,院后的竹园里却忽而飞出了一声闲长而又有节奏似的鸡啼的声来。同时在门外面歇着的船家,也走进了院门,高声地对我说:

"先生,我们回去罢,已经是吃点心的时候了,你不听见那只鸡在后山啼么?我们回去罢!"

一九三二年八月在上海写

给一位文学青年的公开状

今天的风沙实在太大了,中午吃饭之后,我因为还要去教书,所以没有许多工夫,和你谈天。我坐在车上,一路地向北走去,沙石飞进了我的眼睛。一直到午后四点钟止,我的眼睛四周的红圈,还没有褪尽。恐怕同学们见了要笑我,所以于上课堂之先,我从高窗口在日光大风里把一双眼睛曝晒了许多时。我今天上你那公寓里来看了你那一副样子,觉得什么话也说不出来。现在我想趁着这大家已经睡寂了的几点钟工夫,把我要说的话,写一点在纸上。

平素不认识的可怜的朋友,或是写信来,或是亲自上我这里来的,很多很多,我因为想报答两位也是我素不认识而对于我却有十二分的同情过的朋友的厚恩起见,总尽我的力量帮助他们。可是我的力量太薄弱了,可怜的朋友太多了,所以结果近来弄得我自家连一条棉裤也没有。这几天来天气变得很冷,我老想买一件外套,但终于没有买成。尤其是使我羞恼的,因为恰逢此刻,我和同学们所读的书里,正有一篇俄国郭哥儿著的嘲弄像我们一类人的小说《外套》。现在我的经济状态比从前并没有什么宽裕,从数目上讲起来,反而比从前要少——因为现在我不能向家里去要钱花,每月的教书钱,额面上虽则有五十三加六十四合一百十七块,但实际上拿得到的只有三十三四块——而我的嗜好日深,每月光是烟酒的账,也要开销二十多块。我曾经立过几次对天的深誓,想把这一笔糜费节省下来,但愈是没有钱的时候,愈想喝酒吸烟。向你讲这一番苦话,并不是因为怕你要来问我借钱,而先事预防,我不过欲以我的身体来做一个证据,证明目下的中国社会的不合理,以大学校毕业的资格来糊口的你那种见解的错误罢了。

引诱你到北京来的,是一个国立大学毕业的头衔,你告诉我说你的心里,总想在国立大学弄到毕业,毕业以后至少生计问题总可以解决。现在学校都已考完,你一个国立大学也进不去,接济你的资金的人,又因他自家的地位摇动,无钱寄你,你去投奔你同县而且带有亲属的大慈善家H,H又不纳,穷极无路,只好写封信给一个和你素不相识而你也明明知道是和你一样穷的我,在这时候这样的状态之下,你还要口口声声地说什么大学教育,"念书",我真佩服你的坚忍不拔的雄心。不过佩服虽可佩服,但是你的思想的简单愚直,也却是一样的可惊可异。现在你已经是变成了中性——半去势的文人了,有许多事情,譬如说高尚一点的,去当土匪,卑微一点的,去拉洋车等事情,你已经是干不了的了,难道你还嫌不足,还要想穿几年长袍,做几篇白话诗,短篇小说,达到你的全去势的目的么?大学毕业,以后就可以有饭吃,你这一种定理,是哪一本书上翻来的?

像你这样一个白脸长身,一无依靠的文学青年,即使将面包和泪吃，勤勤恳恳地在大学窗下住它五六年，难道你拿毕业文凭的那一天，天上就忽而会下起珍珠白米的雨来的么？

现在不要说中国全国，就是在北京的一区里头，你且去站在十字街头，看见穿长袍黑马褂或哔叽旧洋服的人，你且试对他们行一个礼，问他们一个人要一个名片来，看看，我恐怕你不上半天，就可以积起一大堆的什么学士，什么博士来，你若再行一个礼，问一问他们的职业，我恐怕他们都要红红脸说，"兄弟是在这里找事情的。"他们是什么？他们都是大学毕业生吓，你能和他们一样的有钱读书么？你能和他们一样的有钱买长袍黑马褂哔叽洋服么？即使你也和他们一样的有了读书买衣服的钱，你能保得住你毕业的时候，事情会来找你么？

大学毕业生坐汽车，吸大烟，一攫千金的人原是有的。然而他们都是为新上台的大老经手减价卖职的人，都是有大刀枪杆在后面援助的人，都是有几个什么长在他们父兄身上的人，再粗一点说，他们至少也都是会爬乌龟钻狗洞的人，你要有他们那么的后援，或他们那么的乌龟本领，狗本领，那么你就是大学不毕业，何尝不可以吃饭？

我说了这半天，不过想把你的求学读书，大学毕业的迷梦打破而已。现在为你计，最上的上策，是去找一点事情干干。然而土匪你是当不了的，洋车你也拉不了的，报馆的校对，图书馆的拿书者、家庭教师、看护男、门房、旅馆火车菜馆的伙计，因为没有人可以介绍，你也是当不了的——我当然是没有能力替你介绍——所以最上的上策，于你是不成功的了。其次你就去革命去吧，去制造炸弹去吧！但是革命是不是同割枯草一样，用了你那裁纸的小刀，就可以革得成的呢？炸弹是不是可以用了你头发上的灰垢和半年不换的袜底里的污泥来调合的呢？这些事情，你去问上帝去吧！我也不知道。

比较上可以做得到，并且也不失为中策的，我看还是弄几个旅费，回到湖南你的故土，去找出四五年你不曾见过的老母和你的小妹妹来，第一天相持对哭一天，第二天因为哭了伤心，可以在床上你的草槀里睡去一天，既可以休养，又可以省几粒米下来熬稀粥，第三天以后，你和你的母亲妹妹，若没有衣服穿，不妨三人紧紧地挤在一处，以体热互助的结果，同冬天雪夜的群羊一样，倒可以使你的老母不至冻伤，若没有米吃，你在日中天暖一点的时候，不妨把年老的母亲交付给你妹妹的身体烘着，你自己可以上村前村后去掘一点草根树根来煮汤吃。草根树根里也有淀粉，我的祖母未死的时候，常把洪杨乱日，她老人家尝过的这滋味说给我听，我所以知道。现在我即没有馀钱可以赠你，就把这秘方相传，作个我们两位穷汉，在京华尘土里相遇的纪念吧！若说草根树根，也被你们的督军省长师长议员知事掘完，你无论走往何处再也找不出一块一截来的时候，那么你且咽着自家的口水，同唱戏似的把北京的豪富人家的蔬菜，有色有香地说给你的老母亲小妹妹听听，至少在未死前的一刻半刻钟中间，你们三个昏乱的脑子里，总可以大事铺张地享乐一回。

但是我听你说，你的故乡连年兵燹，房屋田产都已毁尽，老母弱妹也不知是生是死，五年来音信不通，并且现在回湖南的火车不开，就是有路费也回去不得，何况没有路费呢！

上策不行，次之中策也不行，现在我为你实在是没有什么法子好想了。不得已我就把两个下策来对你讲吧！

第一，现在听说天桥又在招兵，并且听说取得极宽，上自五十岁的老人起，下至十六七岁的少年止，一律都收，你若应募之后，马上开赴前敌，打死在租界以外的中国地界，虽然，不能说是为国效忠，也可以算得是为招你的那个同胞效了命，岂不是比饿死冻死在你那公寓的斗室里，好得多么？况且万一不开往前敌，或虽开往前敌而不打死的时候，只教你能保持你现在的这种纯洁的精神，只教你能有如现在想进大学读书一样的精神来宣传你的理想，难保你所属的一师一旅，不为你所感化。这是下策的第一个。

第二，这才是真真的下策了。你现在不是只愁没有地方住没有地方吃饭而又苦于没有勇气自杀么？你的没有能力做土匪，没有能力拉洋车，是我今天早晨在你公寓里第一眼看见你的时候，已经晓得的。但是有一件事情，我想你还能胜任的，要干的时候一定是干得到的。这是什么事情呢？啊啊，我真不愿意说出来——我并不是怕人家对我提起诉讼，说我在嗾使你做贼，啊呀，不愿意说倒说出来了，做贼，做贼，不错，我所说的这件事情就是叫你去偷窃呀！

无论什么人的无论什么东西，只教你偷得到，尽管偷吧！偷到了，不被发觉，那么就可以把这你偷自他，他抢自第三人的，在现在的社会里称为赃物，在将来进步了的社会里，当然是要分归你有的东西，拿到当铺——我虽然不能为你介绍职业，但是像这样的当铺却可以为你介绍几家——里去换钱用。

万一发觉了呢？也没有什么。第一你坐坐监牢，房钱总可以不付了。第二监狱里的饭，虽然没有今天中午我请你的那家馆子里的那么好，但是饭钱可以不付的。第三或者什么什么司令，以军法从事，把你枭首示众的时候，那么你的无勇气的自杀，总算是他来代你执行了，也是你的一件快心的事情，因为这样的活在世上，实在是没有什么意思。

  我写到这里，觉得没有话再可以和你说了，最后我且来告诉你一种实习的方法吧！

  你若要实行上举的第二下策，最好是从亲近的熟人方面做起。譬如你那位同乡的亲戚老 H 家里，你可以先去试一试看。因为他的那些堆积在那里的富财，不过是方法手段不同罢了，实际上也是和你一样的偷来抢来的。你若再慑于他的慈和的笑里的尖刀，不敢去向他先试，那么不妨上我这里来作个破题儿试试。我晚上卧房的门常是不关，进出很便。不过有一件缺点，就是我这里没有什么值钱的物事。但是我有几本旧书，却很可以卖几个钱。你若来时，最好是预先通知我一下，我好多服一剂催眠药，早些睡下，因为近来身体不好，晚上老要失眠，怕与你的行动不便。还有一句话——你若来时，心肠应该要练得硬一点，不要因为是我的书的原因，致使你没有偷成，就放声大哭起来——

           一九二四年十一月十三日午前二时

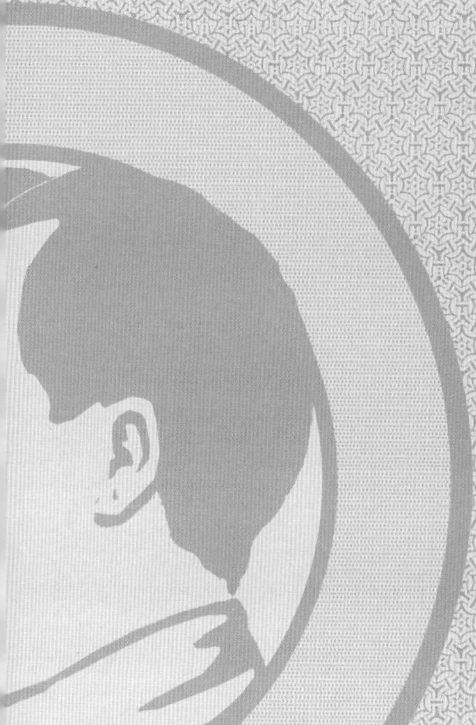